CUENTOS DE HADAS
FUTURISTAS

STONE ARCH BOOKS
a capstone imprint

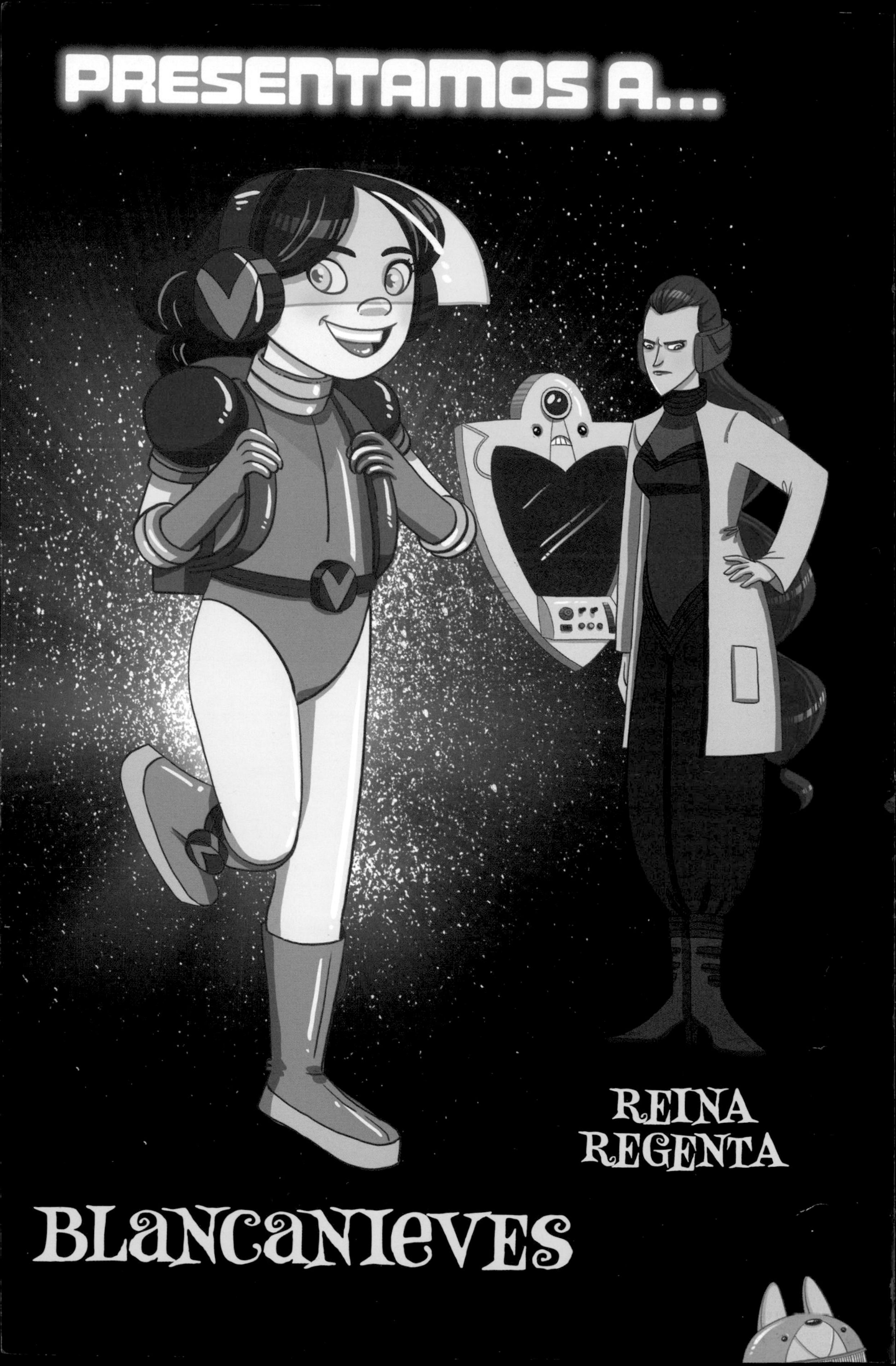

PRESENTAMOS A...

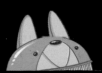

REINA REGENTA

BLANCANIEVES

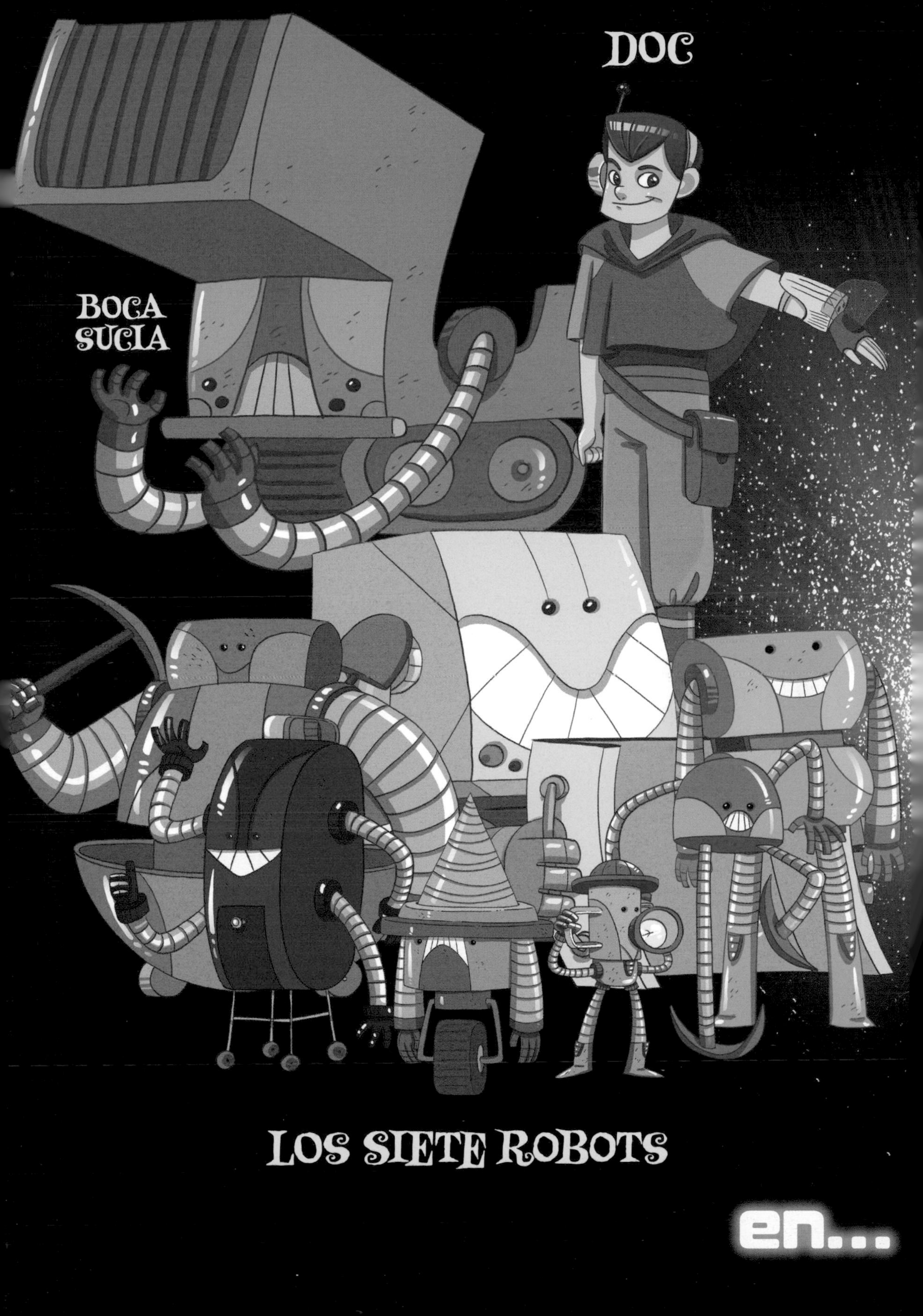
DOC
BOCA SUCIA
LOS SIETE ROBOTS
en...

Cuentos de hadas futuristas
Publicado por Stone Arch Books
una marca de Capstone,
1710 Roe Crest Drive, North Mankato, Minnesota 56003
www.capstonepub.com

Los datos de CIP (Catalogación previa a la publicación, CIP)
de la Biblioteca del Congreso se encuentran disponibles
en el sitio web de la Biblioteca.
ISBN: 978-1-4965-9814-1 (hardcover)
ISBN: 978-1-4965-9818-9 (ebook pdf)

33614082051748

Resumen: En un planeta lejano, llamado Tecnomundo, las mentes
más brillantes crearon a una niña llamada Blancanieves
para ser la científica perfecta. Desde muy pequeña,
Blancanieves mostró de inmediato una gran habilidad
con la electrónica. La Reina Regenta teme por su corona
y decide exiliar a la niña para que no le arrebate el puesto
de la persona más inteligente del planeta.

Tipografía: Jaymes Reed
Diseñador: Bob Lentz
Editor: Sean Tulien
Jefe de edición: Donald Lemke
Directora creativa: Heather Kindseth
Director editorial: Michael Dahl
Editora: Ashley C. Andersen Zantop
Translated into the Spanish language by Aparicio Publishing

Printed and bound in the USA.
PA117

CUENTOS DE HADAS **FUTURISTAS**

BLANCANIEVES
Y LOS SIETE ROBOTS

UNA NOVELA GRÁFICA

POR LOUISE SIMONSON
ILUSTRADO POR JIMENA SÁNCHEZ

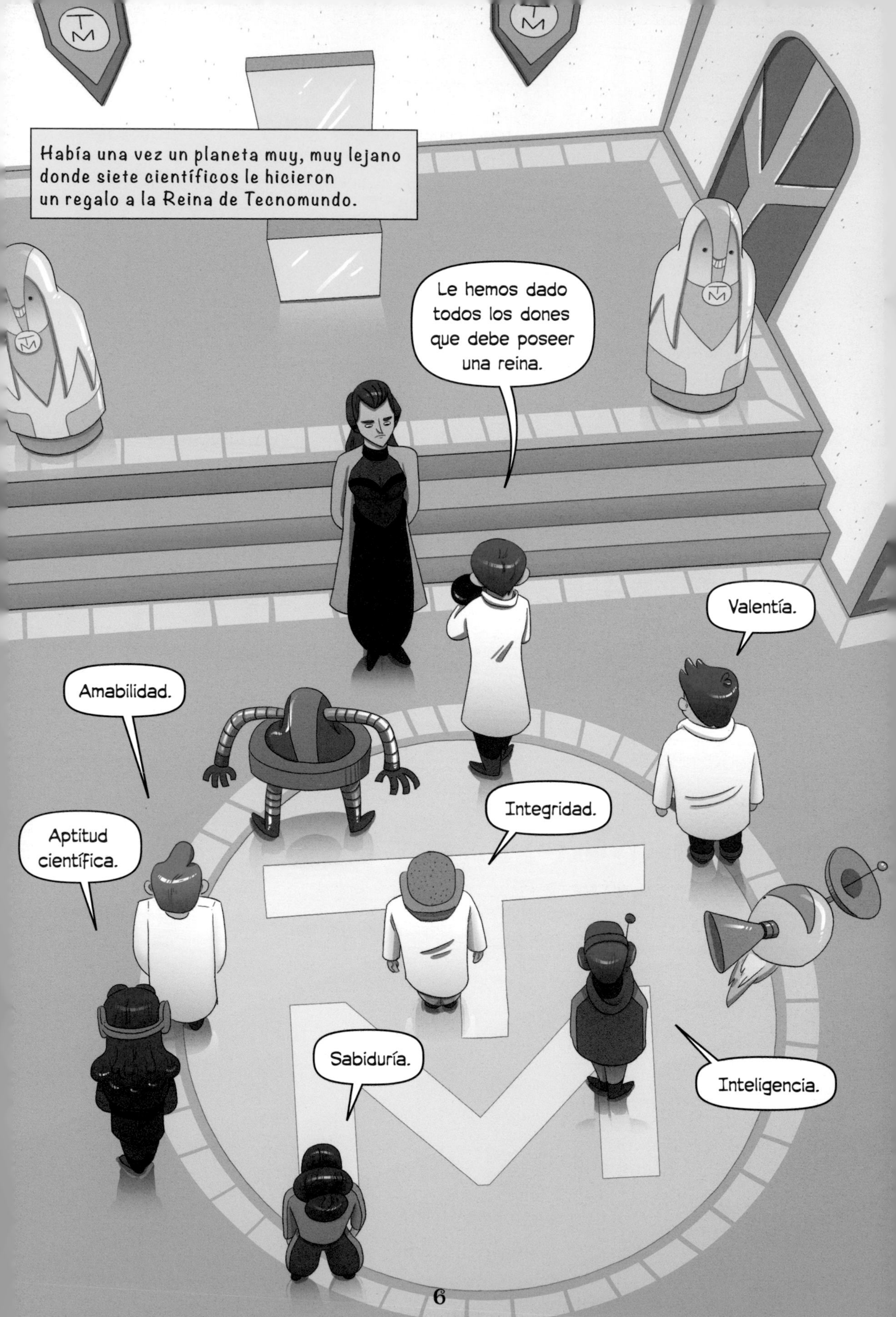
Había una vez un planeta muy, muy lejano donde siete científicos le hicieron un regalo a la Reina de Tecnomundo.
Le hemos dado todos los dones que debe poseer una reina.
Valentía.
Amabilidad.
Integridad.
Aptitud científica.
Sabiduría.
Inteligencia.

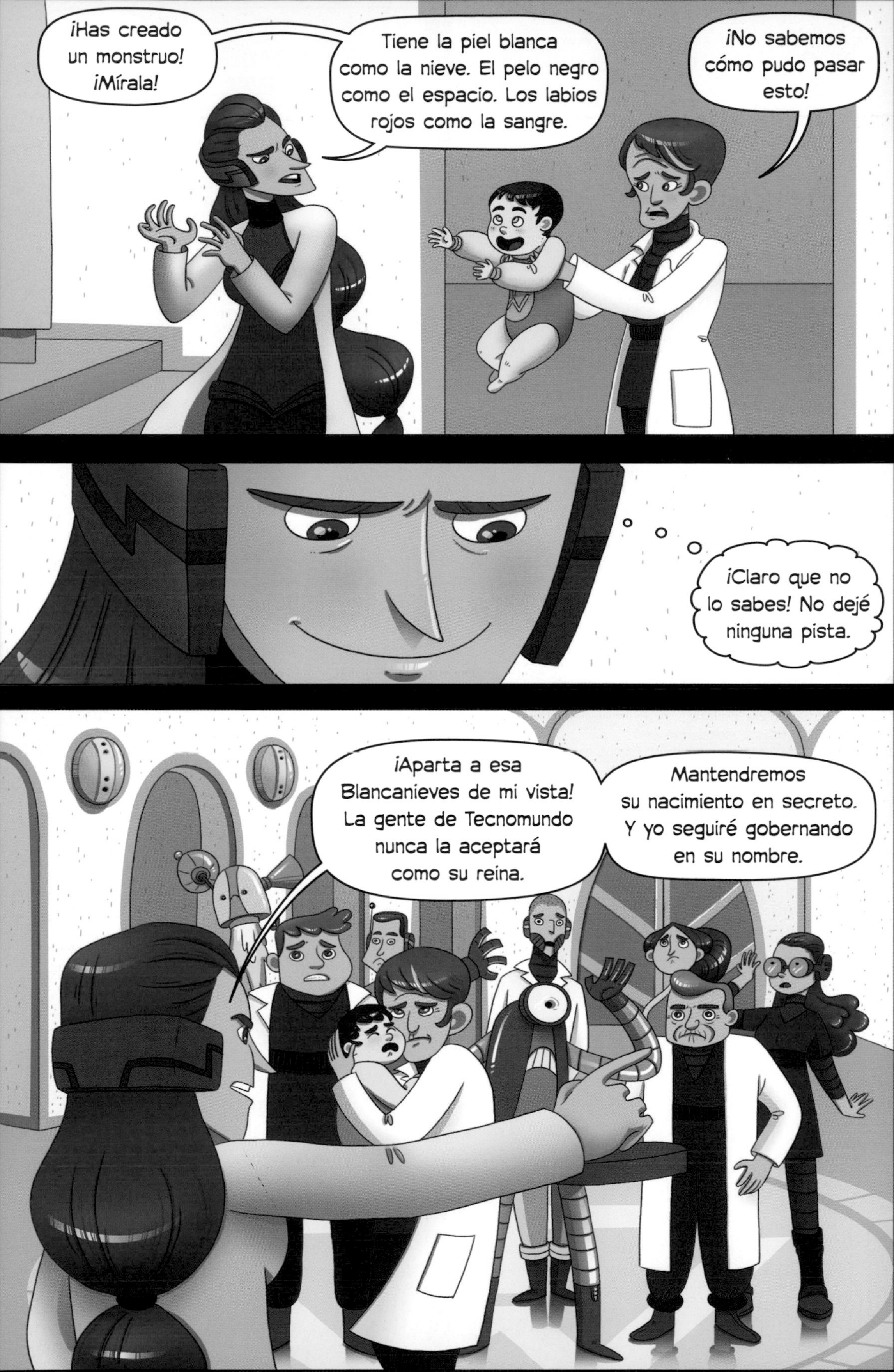
¡Has creado un monstruo! ¡Mírala!
Tiene la piel blanca como la nieve. El pelo negro como el espacio. Los labios rojos como la sangre.
¡No sabemos cómo pudo pasar esto!
¡Claro que no lo sabes! No dejé ninguna pista.
¡Aparta a esa Blancanieves de mi vista! La gente de Tecnomundo nunca la aceptará como su reina.
Mantendremos su nacimiento en secreto. Y yo seguiré gobernando en su nombre.

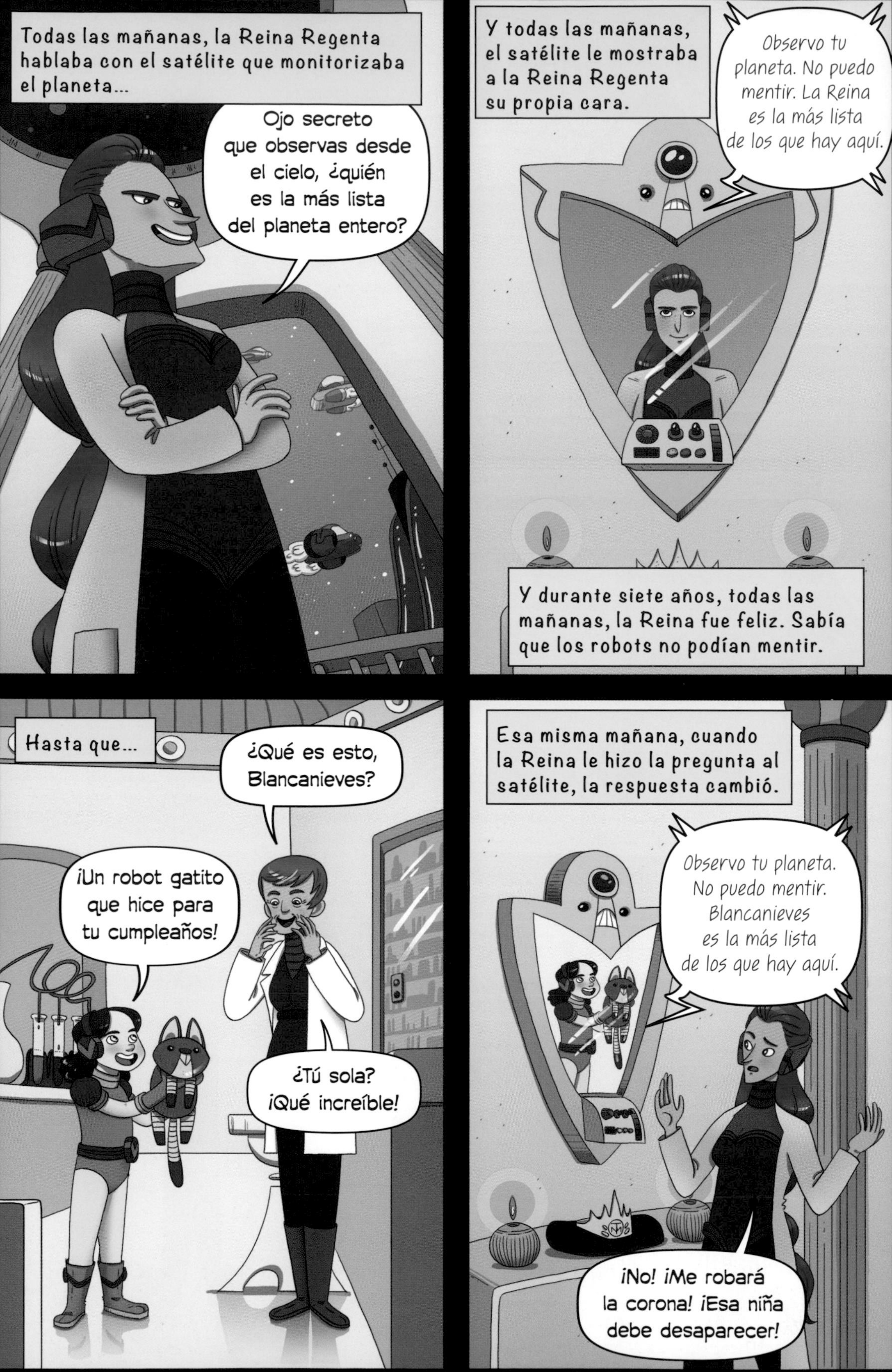

Todas las mañanas, la Reina Regenta hablaba con el satélite que monitorizaba el planeta...
Ojo secreto que observas desde el cielo, ¿quién es la más lista del planeta entero?
Y todas las mañanas, el satélite le mostraba a la Reina Regenta su propia cara.
Observo tu planeta. No puedo mentir. La Reina es la más lista de los que hay aquí.
Y durante siete años, todas las mañanas, la Reina fue feliz. Sabía que los robots no podían mentir.
Hasta que...
¿Qué es esto, Blancanieves?
¡Un robot gatito que hice para tu cumpleaños!
¿Tú sola? ¡Qué increíble!
Esa misma mañana, cuando la Reina le hizo la pregunta al satélite, la respuesta cambió.
Observo tu planeta. No puedo mentir. Blancanieves es la más lista de los que hay aquí.
¡No! ¡Me robará la corona! ¡Esa niña debe desaparecer!

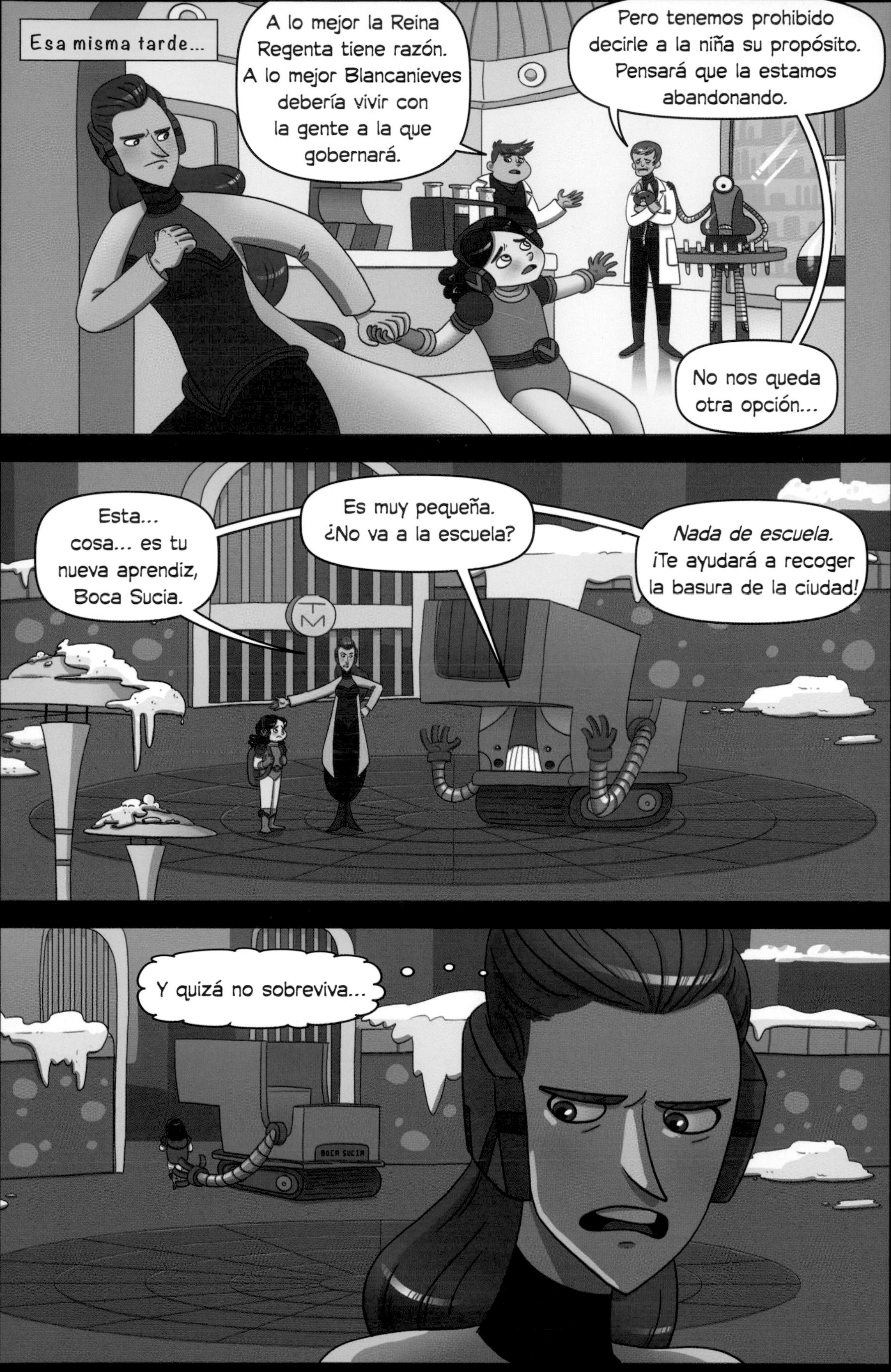
Esa misma tarde...
A lo mejor la Reina Regenta tiene razón. A lo mejor Blancanieves debería vivir con la gente a la que gobernará.
Pero tenemos prohibido decirle a la niña su propósito. Pensará que la estamos abandonando.
No nos queda otra opción...
Esta... cosa... es tu nueva aprendiz, Boca Sucia.
Es muy pequeña. ¿No va a la escuela?
Nada de escuela. ¡Te ayudará a recoger la basura de la ciudad!
BOCA SUCIA
Y quizá no sobreviva...

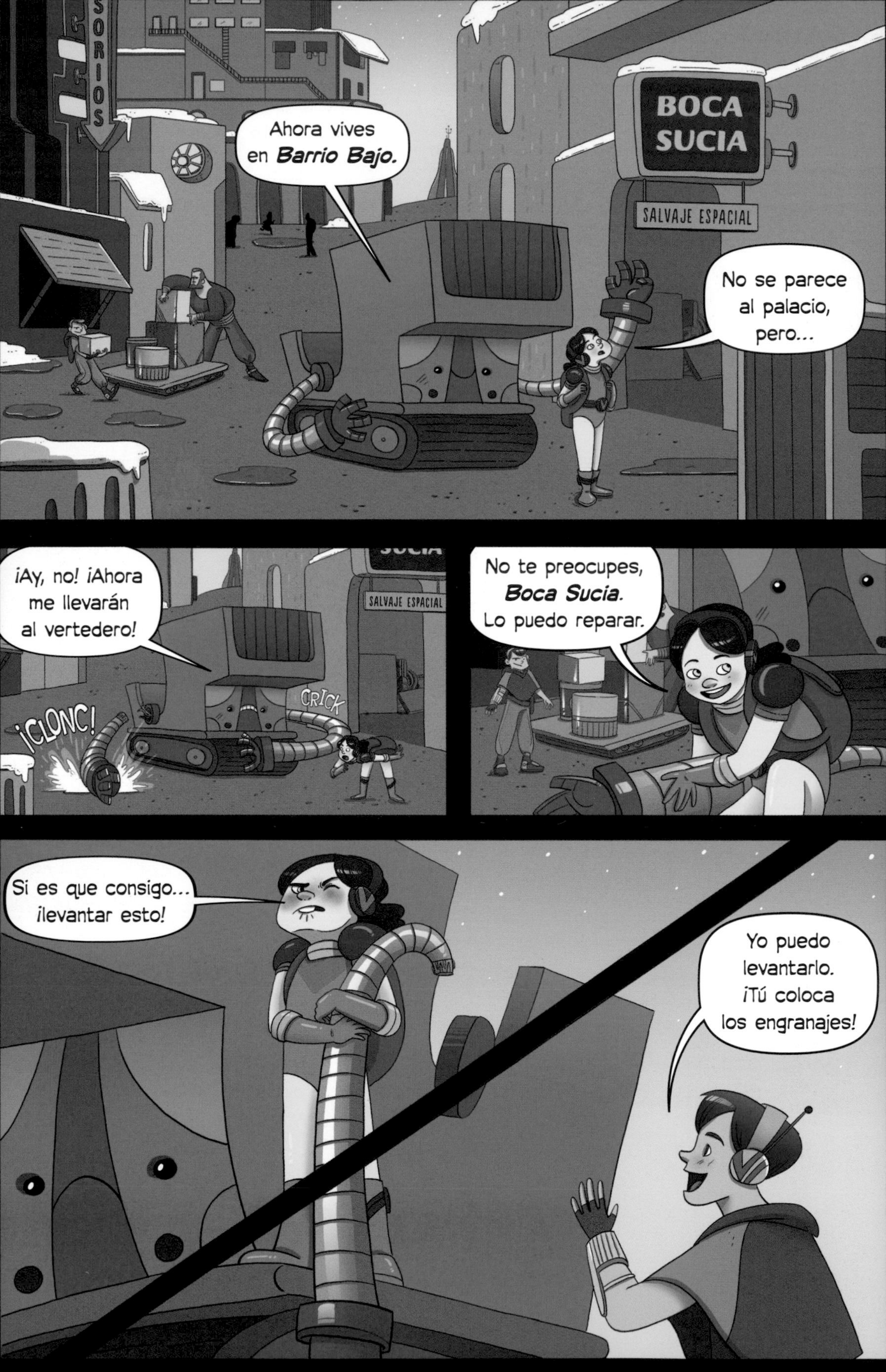

SORIOS
BOCA SUCIA
SALVAJE ESPACIAL
Ahora vives en ***Barrio Bajo.***
No se parece al palacio, pero...
SUCIA
SALVAJE ESPACIAL
¡Ay, no! ¡Ahora me llevarán al vertedero!
¡CLONC!
CRICK
No te preocupes, ***Boca Sucia.*** Lo puedo reparar.
Si es que consigo... ¡levantar esto!
Yo puedo levantarlo. ¡Tú coloca los engranajes!

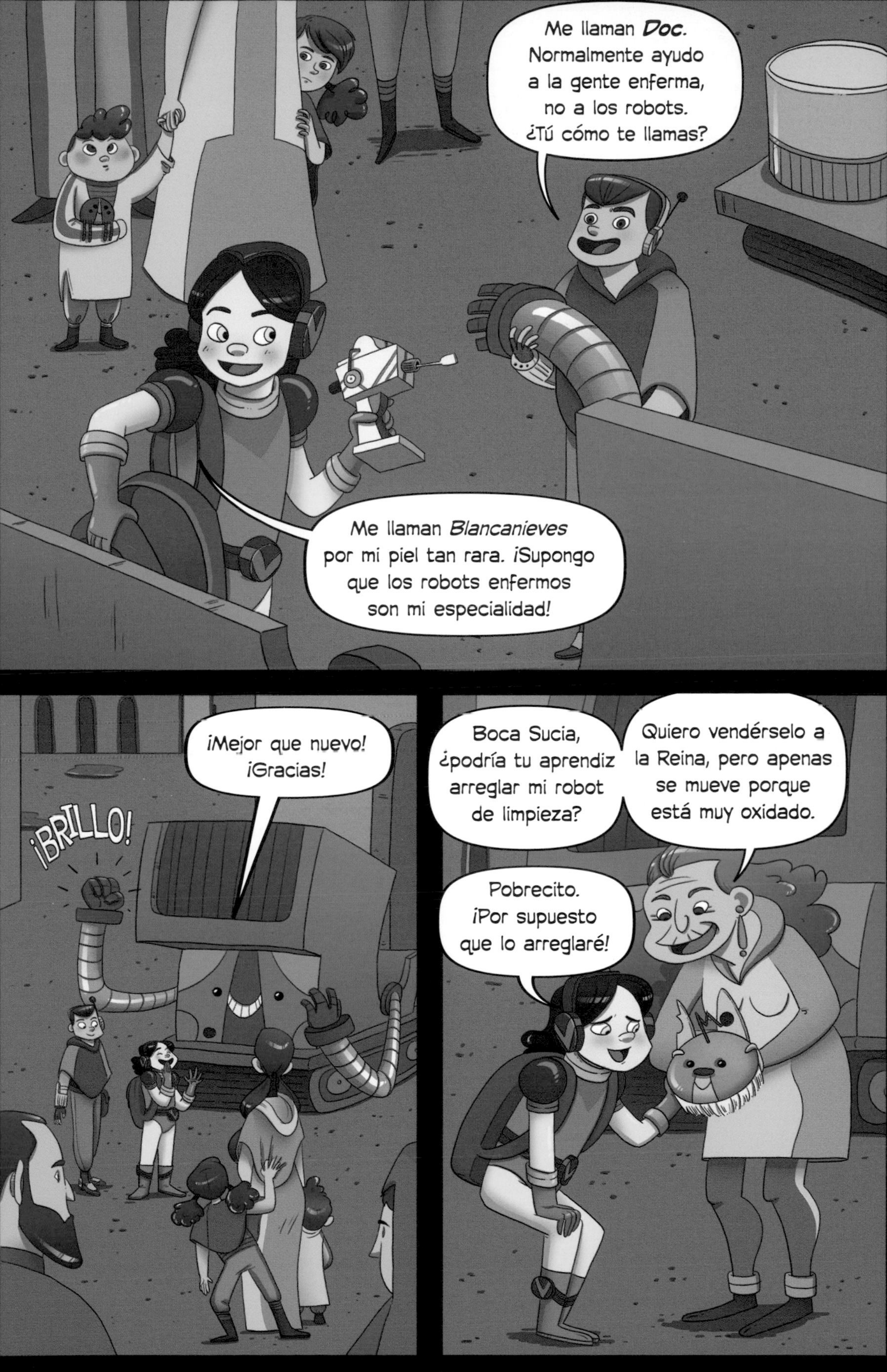
Me llaman *Doc.* Normalmente ayudo a la gente enferma, no a los robots. ¿Tú cómo te llamas?
Me llaman *Blancanieves* por mi piel tan rara. ¡Supongo que los robots enfermos son mi especialidad!
¡BRILLO!
¡Mejor que nuevo! ¡Gracias!
Boca Sucia, ¿podría tu aprendiz arreglar mi robot de limpieza?
Quiero vendérselo a la Reina, pero apenas se mueve porque está muy oxidado.
Pobrecito. ¡Por supuesto que lo arreglaré!

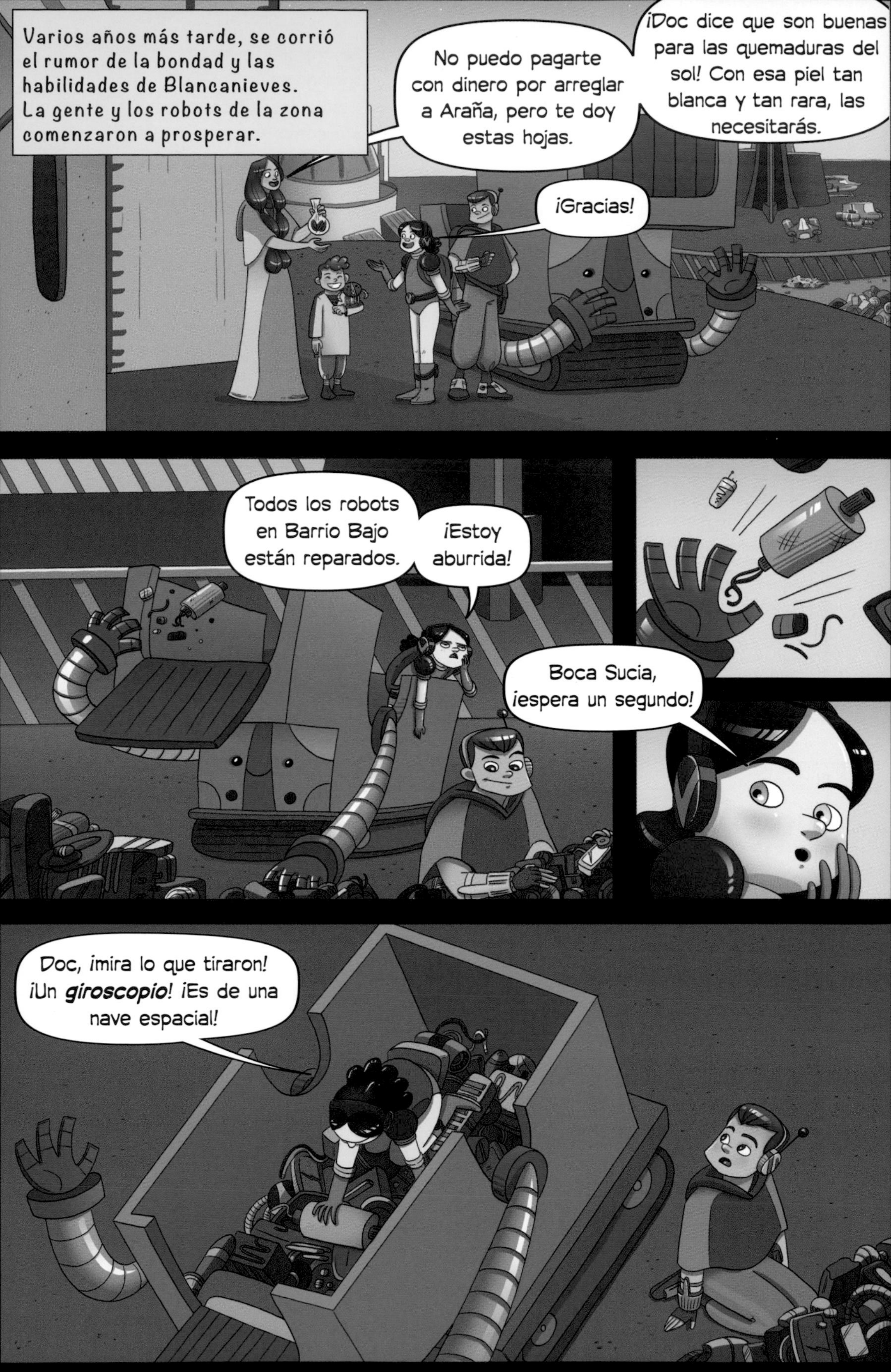

Varios años más tarde, se corrió el rumor de la bondad y las habilidades de Blancanieves. La gente y los robots de la zona comenzaron a prosperar.
No puedo pagarte con dinero por arreglar a Araña, pero te doy estas hojas.
¡Doc dice que son buenas para las quemaduras del sol! Con esa piel tan blanca y tan rara, las necesitarás.
¡Gracias!
Todos los robots en Barrio Bajo están reparados.
¡Estoy aburrida!
Boca Sucia, ¡espera un segundo!
Doc, ¡mira lo que tiraron! ¡Un ***giroscopio***! ¡Es de una nave espacial!

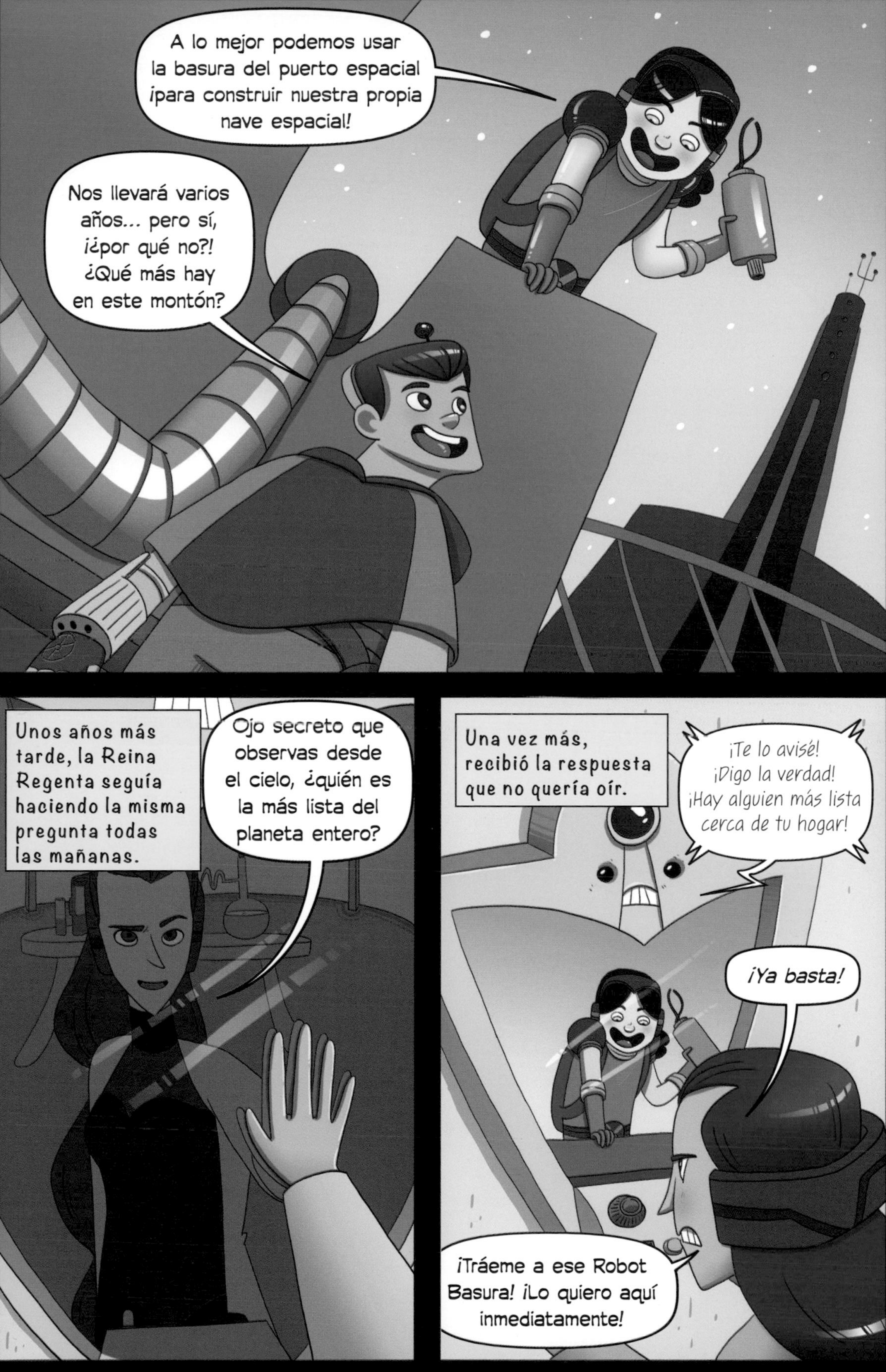
A lo mejor podemos usar la basura del puerto espacial ¡para construir nuestra propia nave espacial!
Nos llevará varios años... pero sí, ¡¿por qué no?! ¿Qué más hay en este montón?
Unos años más tarde, la Reina Regenta seguía haciendo la misma pregunta todas las mañanas.
Ojo secreto que observas desde el cielo, ¿quién es la más lista del planeta entero?
Una vez más, recibió la respuesta que no quería oír.
¡Te lo avisé! ¡Digo la verdad! ¡Hay alguien más lista cerca de tu hogar!
¡Ya basta!
¡Tráeme a ese Robot Basura! ¡Lo quiero aquí inmediatamente!

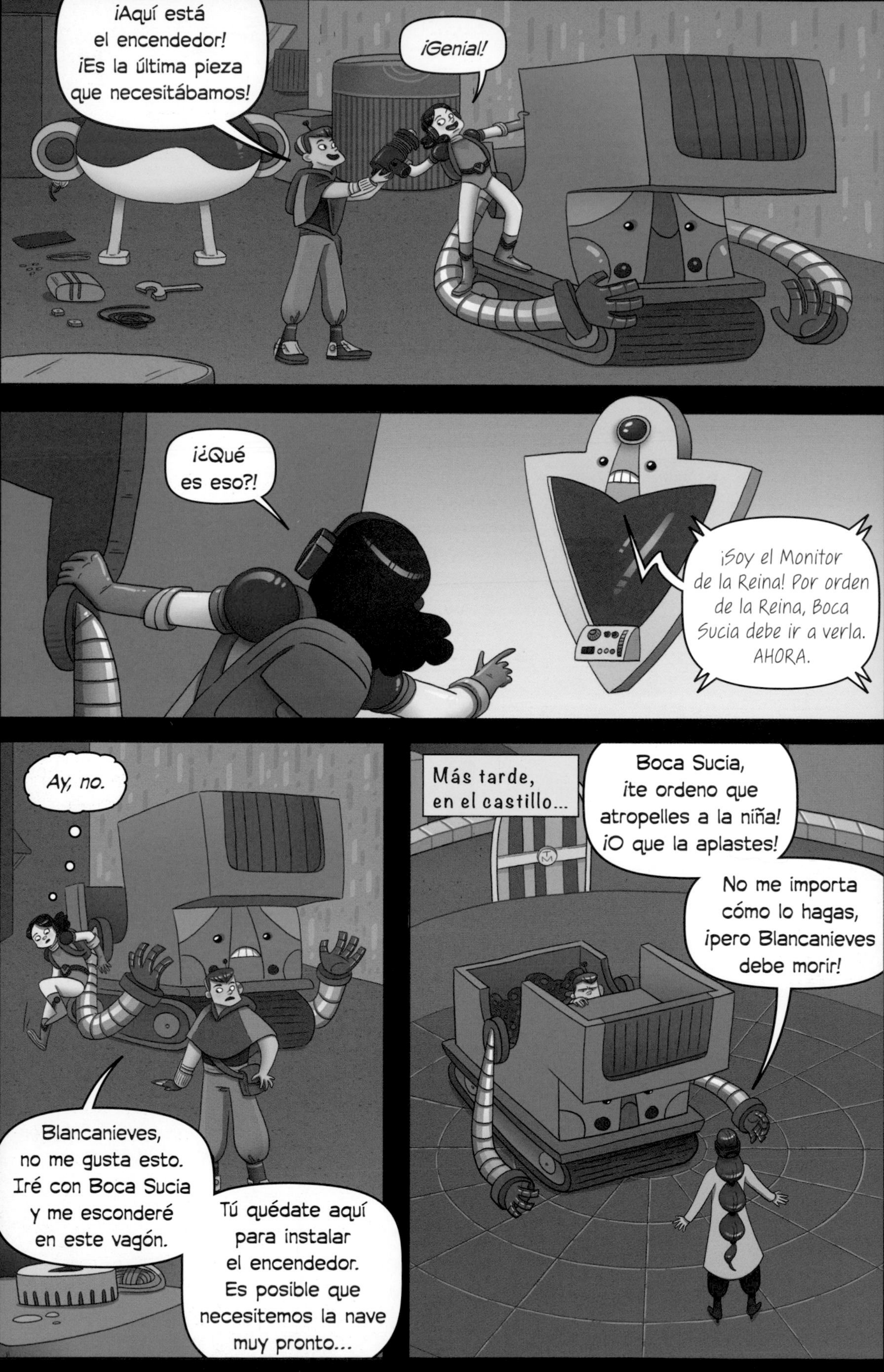
¡Aquí está el encendedor! ¡Es la última pieza que necesitábamos!
¡Genial!
¡¿Qué es eso?!
¡Soy el Monitor de la Reina! Por orden de la Reina, Boca Sucia debe ir a verla. AHORA.
Ay, no.
Blancanieves, no me gusta esto. Iré con Boca Sucia y me esconderé en este vagón.
Tú quédate aquí para instalar el encendedor. Es posible que necesitemos la nave muy pronto...
Más tarde, en el castillo...
Boca Sucia, ¡te ordeno que atropelles a la niña! ¡O que la aplastes!
No me importa cómo lo hagas, ¡pero Blancanieves debe morir!

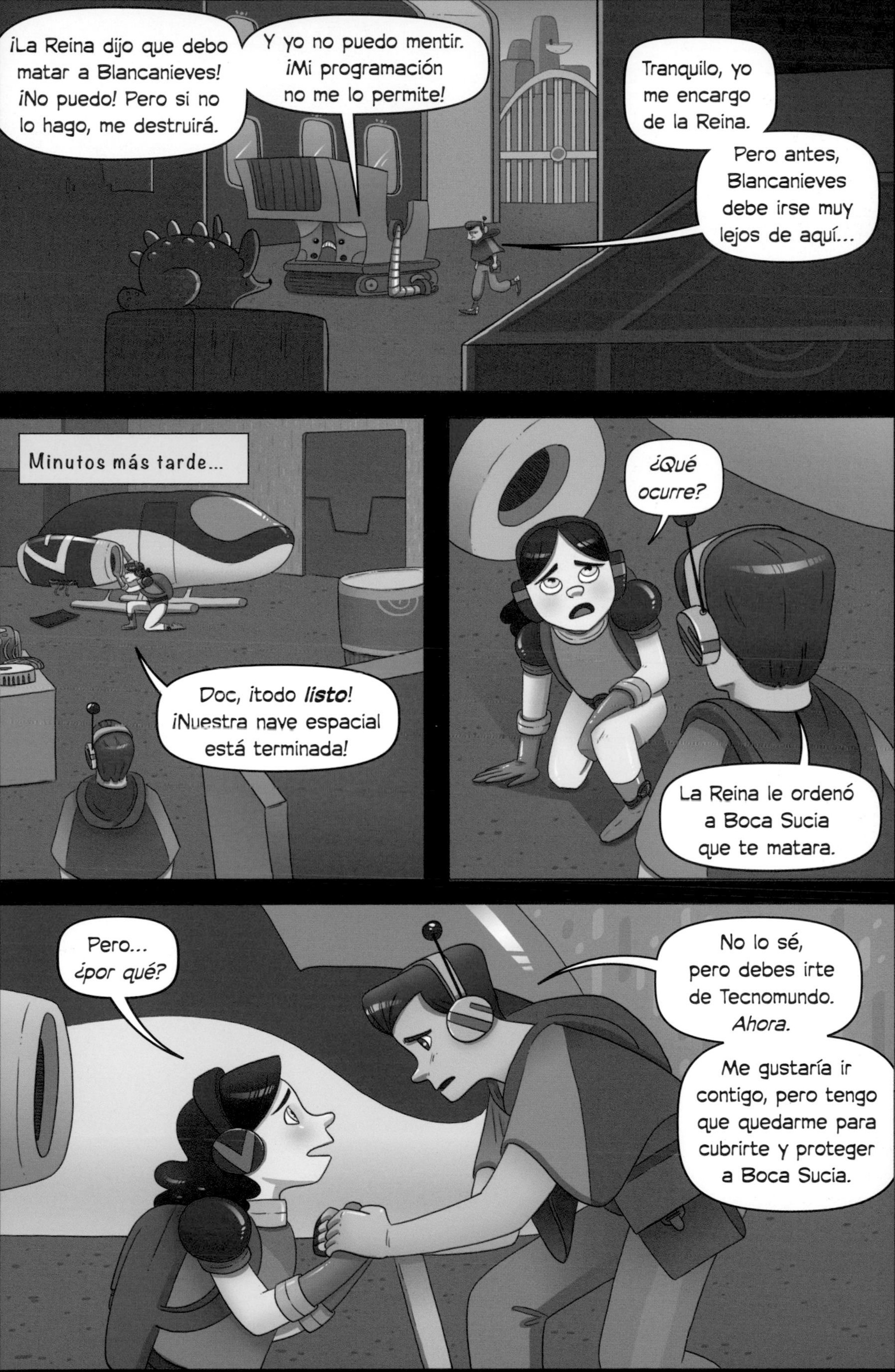
¡La Reina dijo que debo matar a Blancanieves! ¡No puedo! Pero si no lo hago, me destruirá.
Y yo no puedo mentir. ¡Mi programación no me lo permite!
Tranquilo, yo me encargo de la Reina.
Pero antes, Blancanieves debe irse muy lejos de aquí...
Minutos más tarde...
Doc, ¡todo **listo**! ¡Nuestra nave espacial está terminada!
¿Qué ocurre?
La Reina le ordenó a Boca Sucia que te matara.
Pero... *¿por qué?*
No lo sé, pero debes irte de Tecnomundo. *Ahora.*
Me gustaría ir contigo, pero tengo que quedarme para cubrirte y proteger a Boca Sucia.

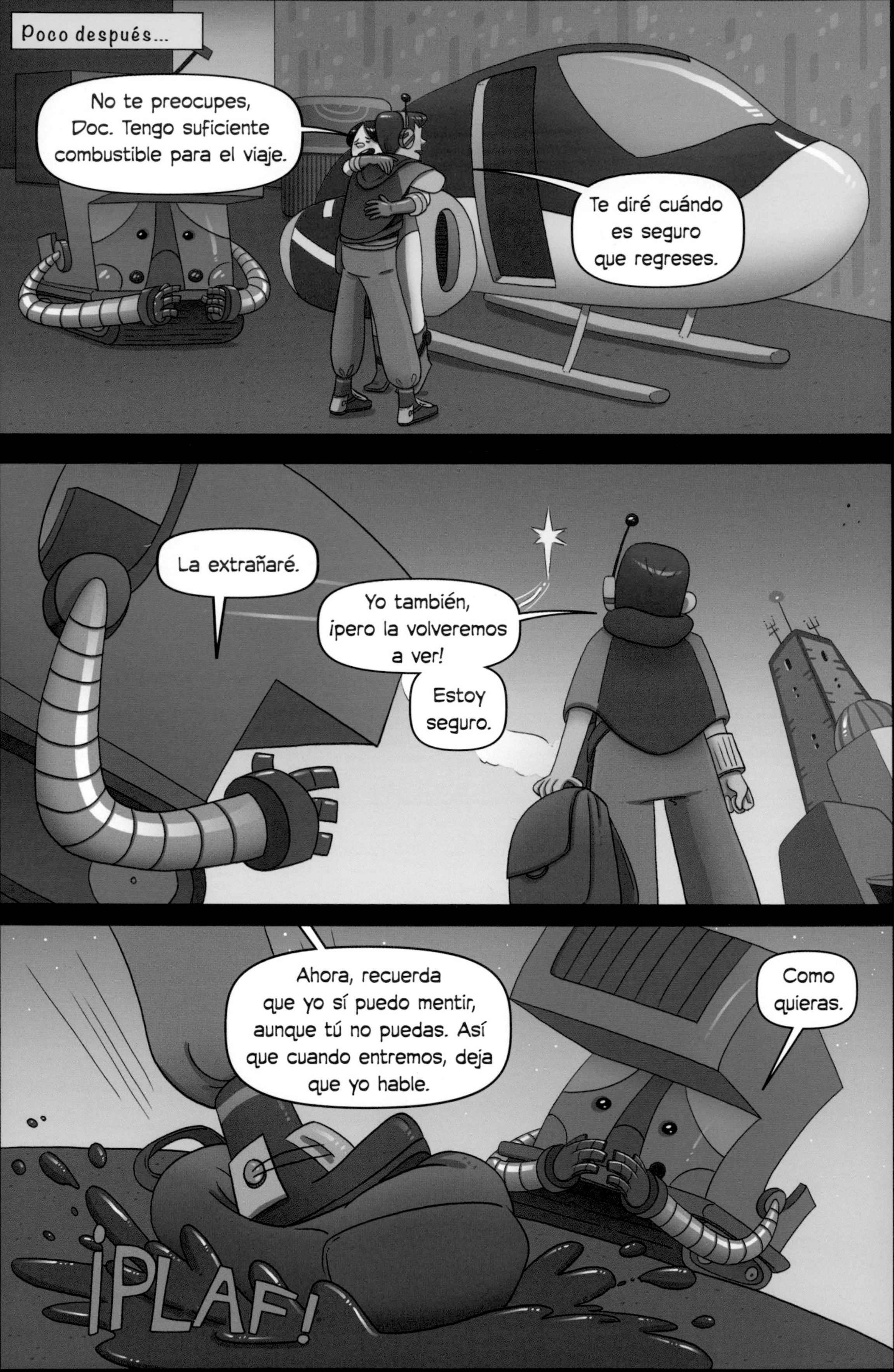
Poco después...
No te preocupes, Doc. Tengo suficiente combustible para el viaje.
Te diré cuándo es seguro que regreses.
La extrañaré.
Yo también, ¡pero la volveremos a ver!
Estoy seguro.
Ahora, recuerda que yo sí puedo mentir, aunque tú no puedas. Así que cuando entremos, deja que yo hable.
Como quieras.
¡PLAF!

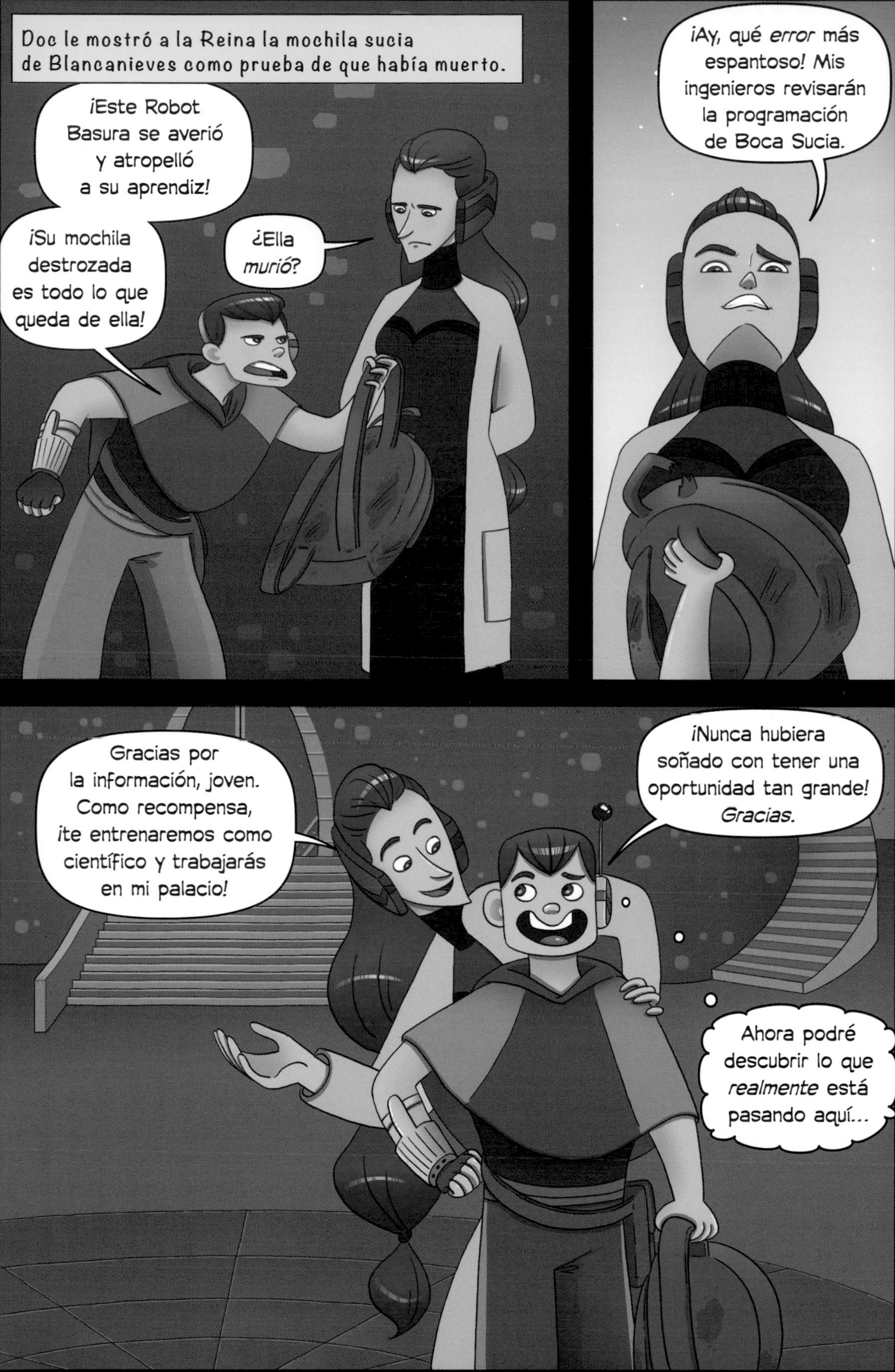
Doc le mostró a la Reina la mochila sucia de Blancanieves como prueba de que había muerto.
¡Este Robot Basura se averió y atropelló a su aprendiz!
¡Su mochila destrozada es todo lo que queda de ella!
¿Ella *murió*?
¡Ay, qué *error* más espantoso! Mis ingenieros revisarán la programación de Boca Sucia.
Gracias por la información, joven. Como recompensa, ¡te entrenaremos como científico y trabajarás en mi palacio!
¡Nunca hubiera soñado con tener una oportunidad tan grande! *Gracias*.
Ahora podré descubrir lo que *realmente* está pasando aquí...

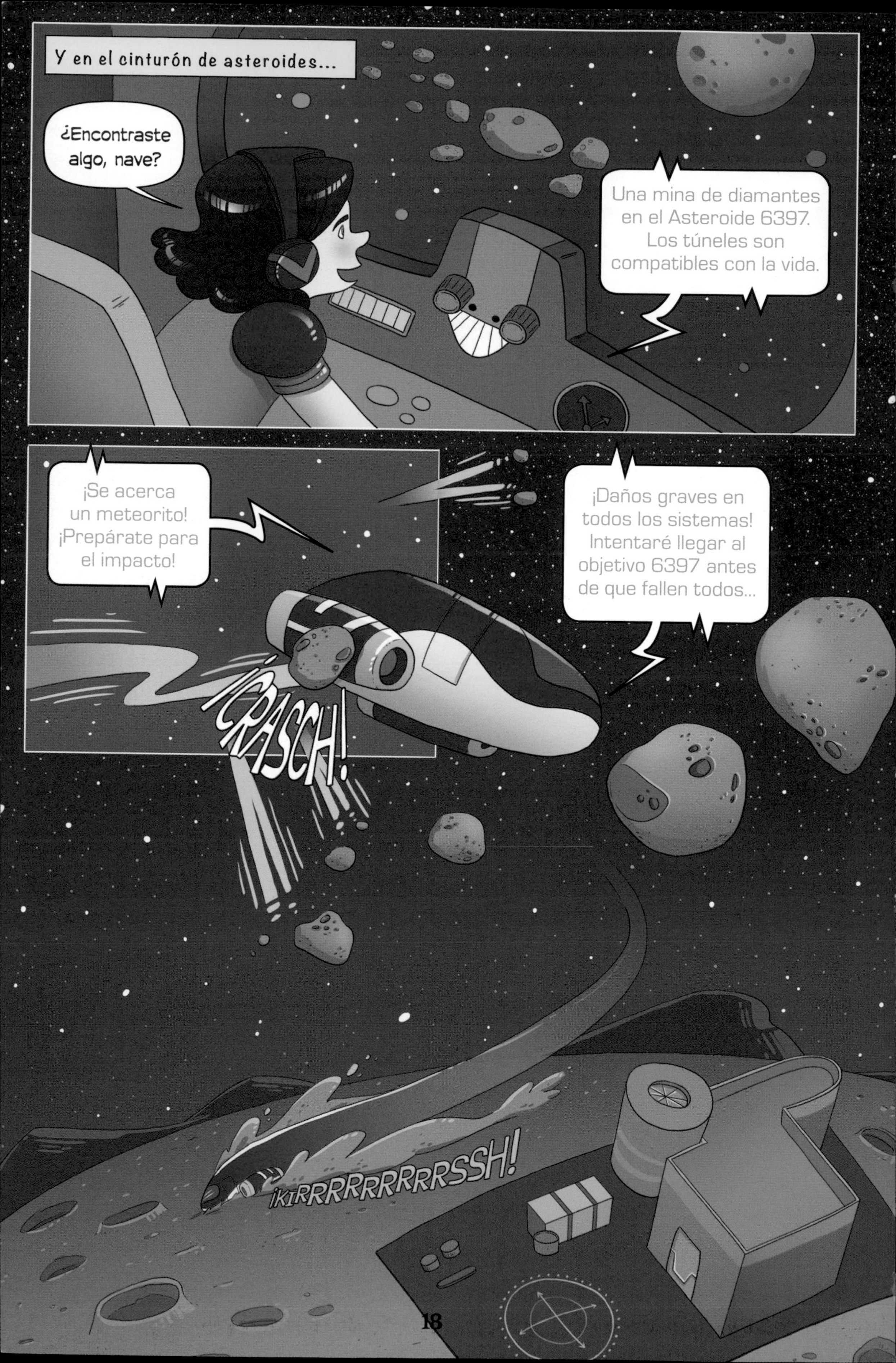
Y en el cinturón de asteroides...
¿Encontraste algo, nave?
Una mina de diamantes en el Asteroide 6397. Los túneles son compatibles con la vida.
¡Se acerca un meteorito! ¡Prepárate para el impacto!
¡Daños graves en todos los sistemas! Intentaré llegar al objetivo 6397 antes de que fallen todos...
¡CRASCH!
¡KIRRRRRRRRRRSSH!

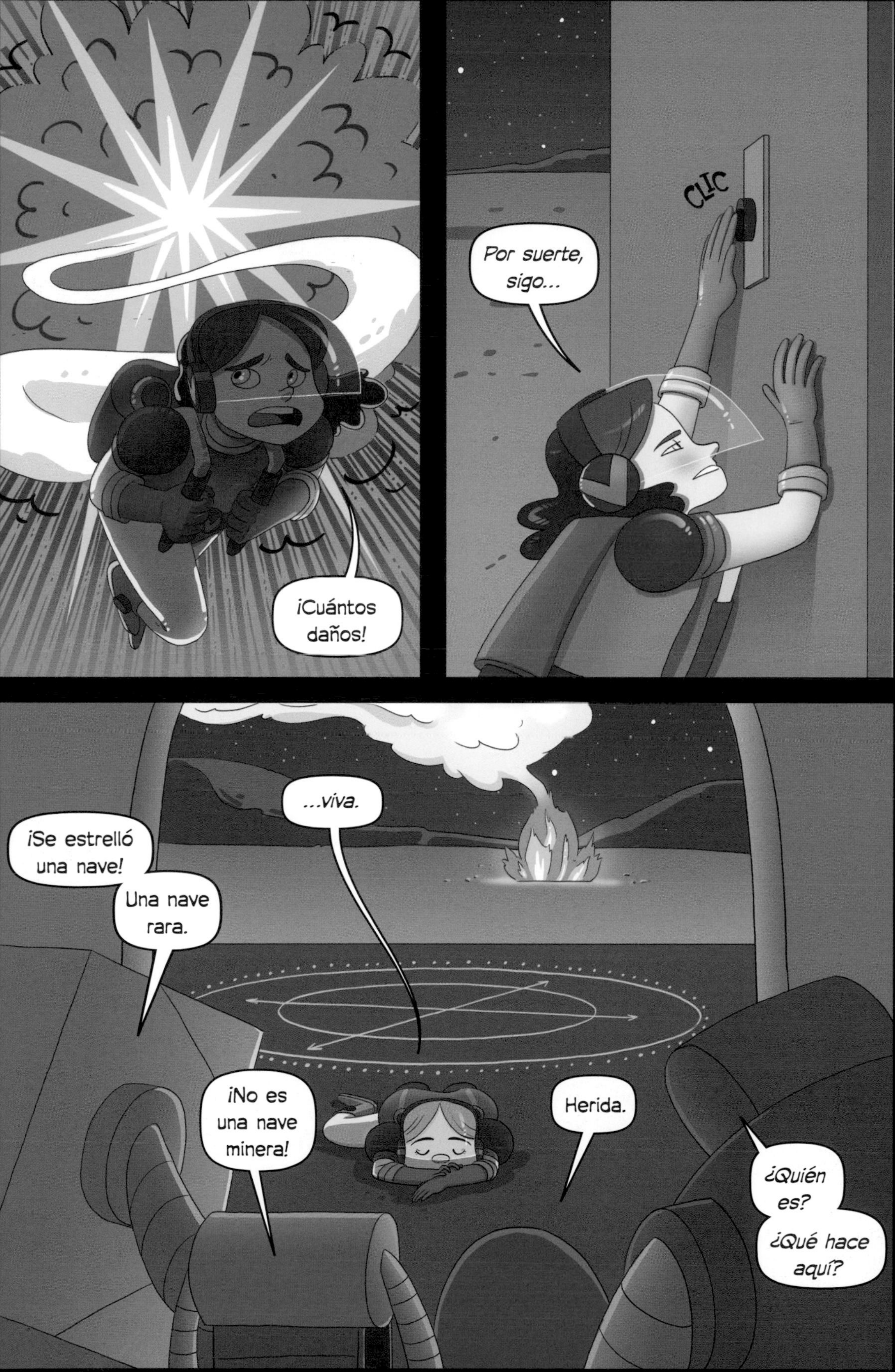
¡Cuántos daños!
CLIC
Por suerte, sigo...
...viva.
¡Se estrelló una nave!
Una nave rara.
¡No es una nave minera!
Herida.
¿Quién es?
¿Qué hace aquí?

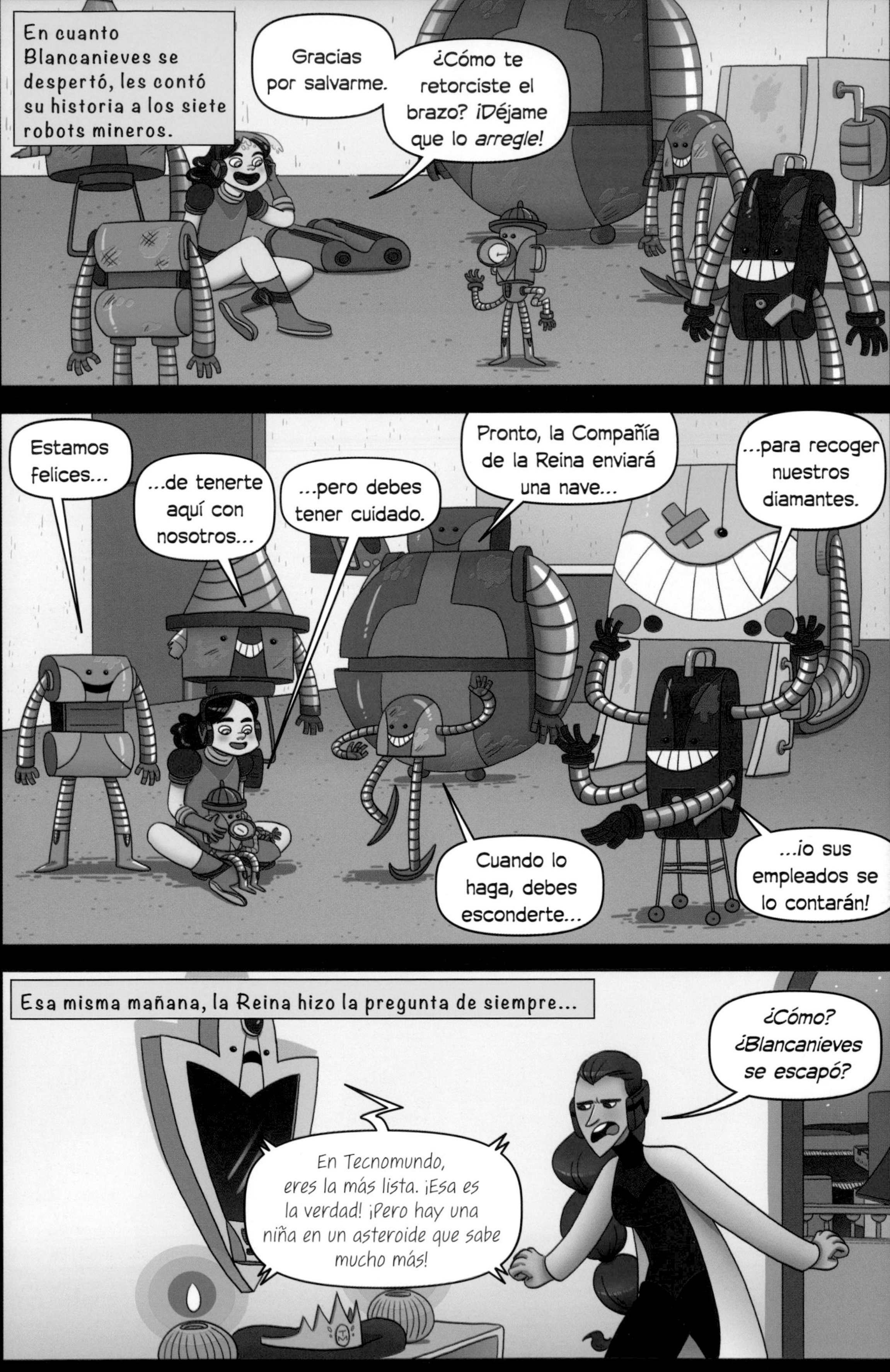
En cuanto Blancanieves se despertó, les contó su historia a los siete robots mineros.
Gracias por salvarme.
¿Cómo te retorciste el brazo? ¡Déjame que lo *arregle*!
Estamos felices...
...de tenerte aquí con nosotros...
...pero debes tener cuidado.
Pronto, la Compañía de la Reina enviará una nave...
...para recoger nuestros diamantes.
Cuando lo haga, debes esconderte...
...¡o sus empleados se lo contarán!
Esa misma mañana, la Reina hizo la pregunta de siempre...
¿Cómo? ¿Blancanieves se escapó?
En Tecnomundo, eres la más lista. ¡Esa es la verdad! ¡Pero hay una niña en un asteroide que sabe mucho más!

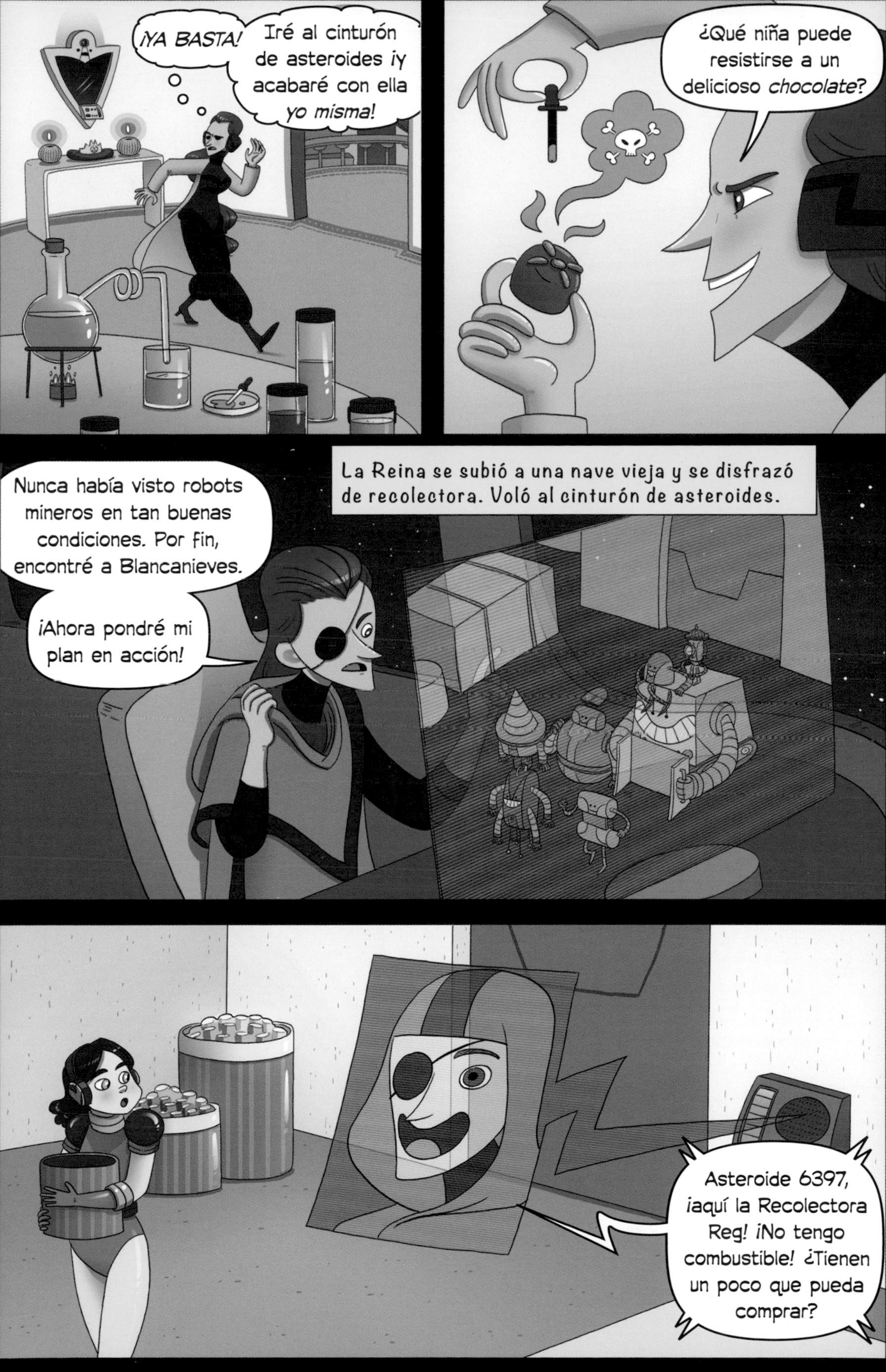
¡YA BASTA!
Iré al cinturón de asteroides ¡y acabaré con ella *yo misma*!
¿Qué niña puede resistirse a un delicioso *chocolate*?
La Reina se subió a una nave vieja y se disfrazó de recolectora. Voló al cinturón de asteroides.
Nunca había visto robots mineros en tan buenas condiciones. Por fin, encontré a Blancanieves.
¡Ahora pondré mi plan en acción!
Asteroide 6397, ¡aquí la Recolectora Reg! ¡No tengo combustible! ¿Tienen un poco que pueda comprar?

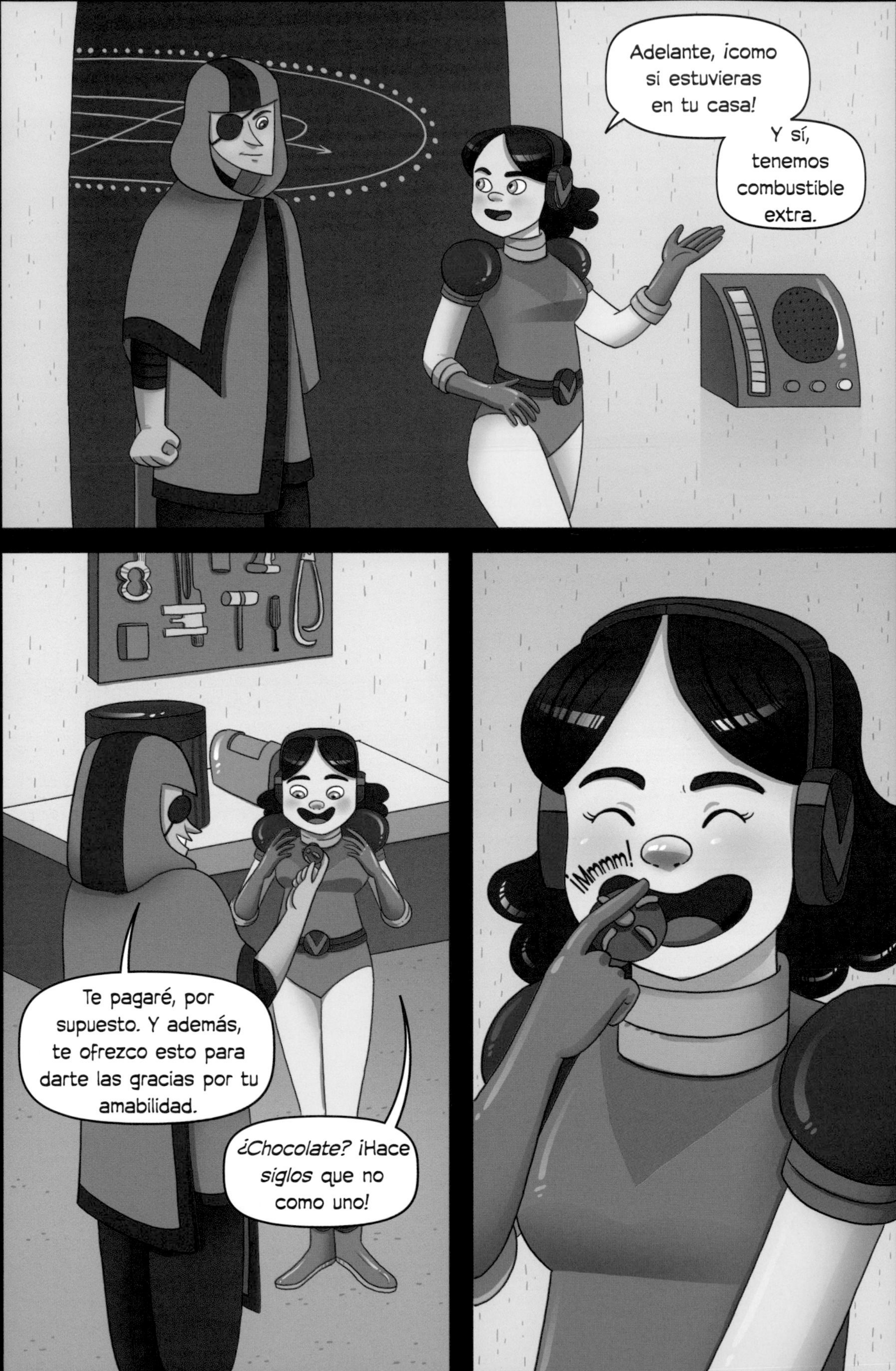
Adelante, ¡como si estuvieras en tu casa!
Y sí, tenemos combustible extra.
Te pagaré, por supuesto. Y además, te ofrezco esto para darte las gracias por tu amabilidad.
¿Chocolate? ¡Hace siglos que no como uno!
¡Mmmm!

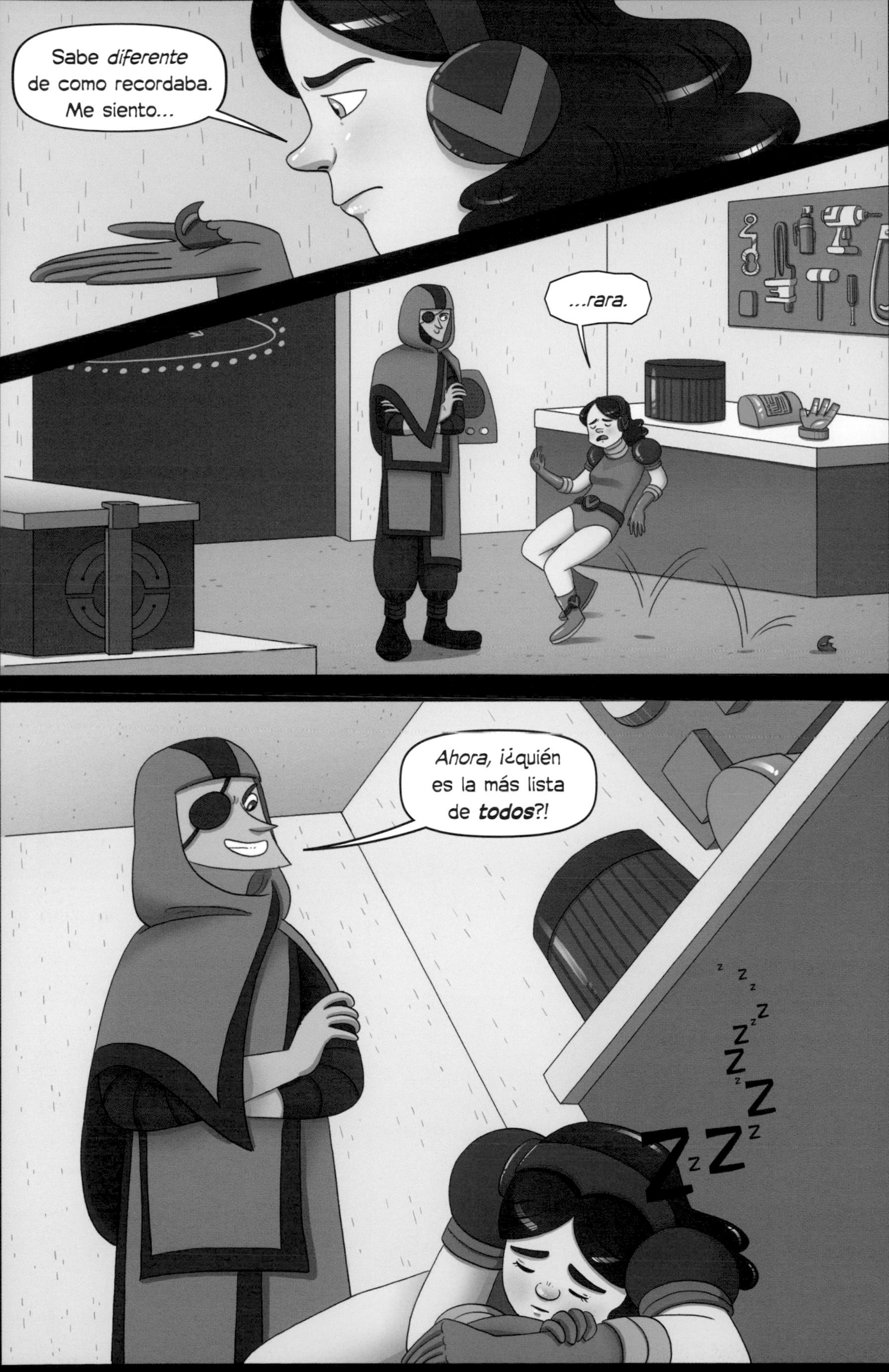
Sabe *diferente* de como recordaba. Me siento...
...rara.
Ahora, ¡¿quién es la más lista de ***todos***?!
Z z Z z Z z Z z Z z Z

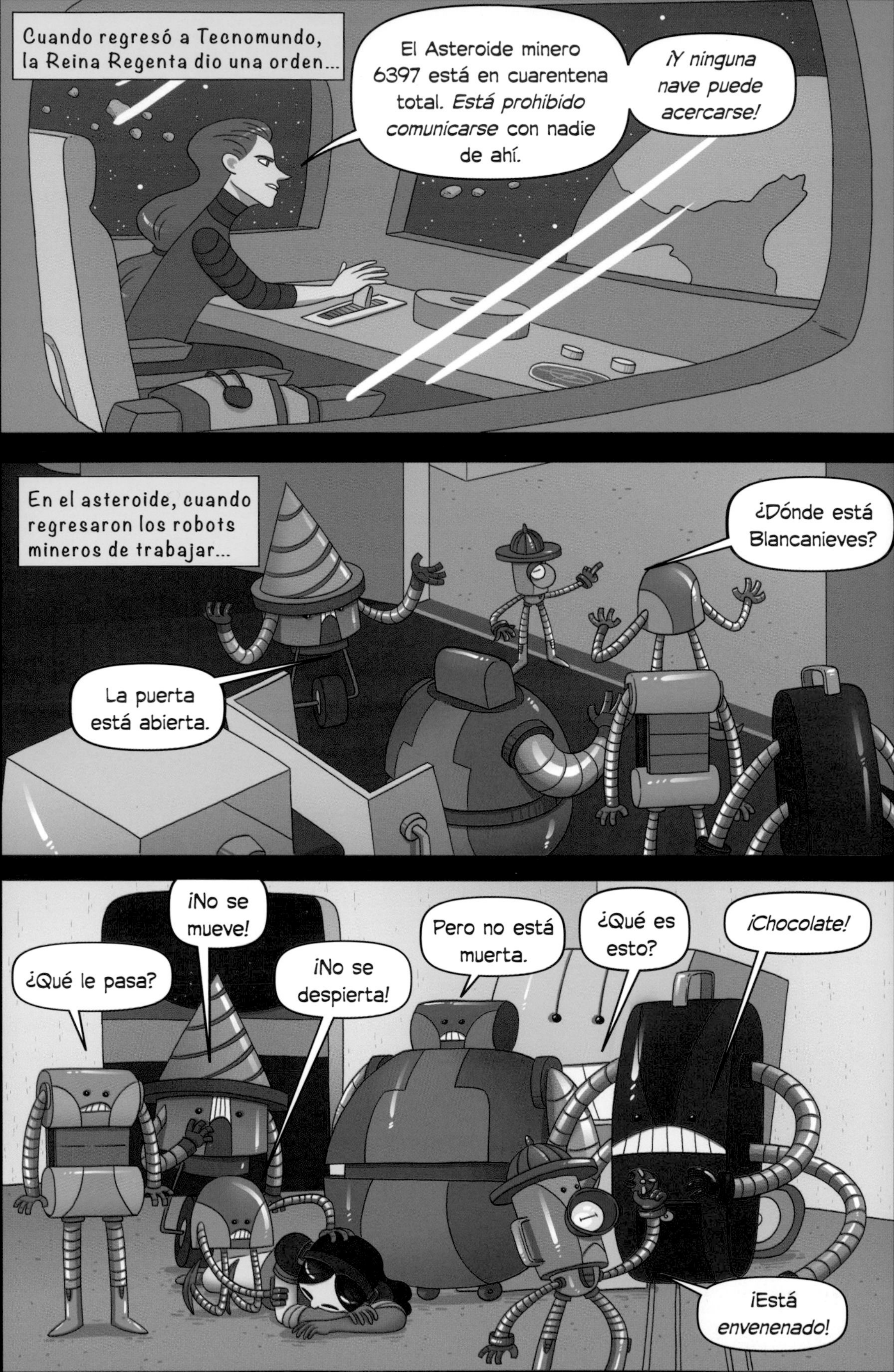
Cuando regresó a Tecnomundo, la Reina Regenta dio una orden...
El Asteroide minero 6397 está en cuarentena total. *Está prohibido comunicarse* con nadie de ahí.
¡Y ninguna nave puede acercarse!
En el asteroide, cuando regresaron los robots mineros de trabajar...
¿Dónde está Blancanieves?
La puerta está abierta.
¿Qué le pasa?
¡No se mueve!
¡No se despierta!
Pero no está muerta.
¿Qué es esto?
¡Chocolate!
¡Está *envenenado!*

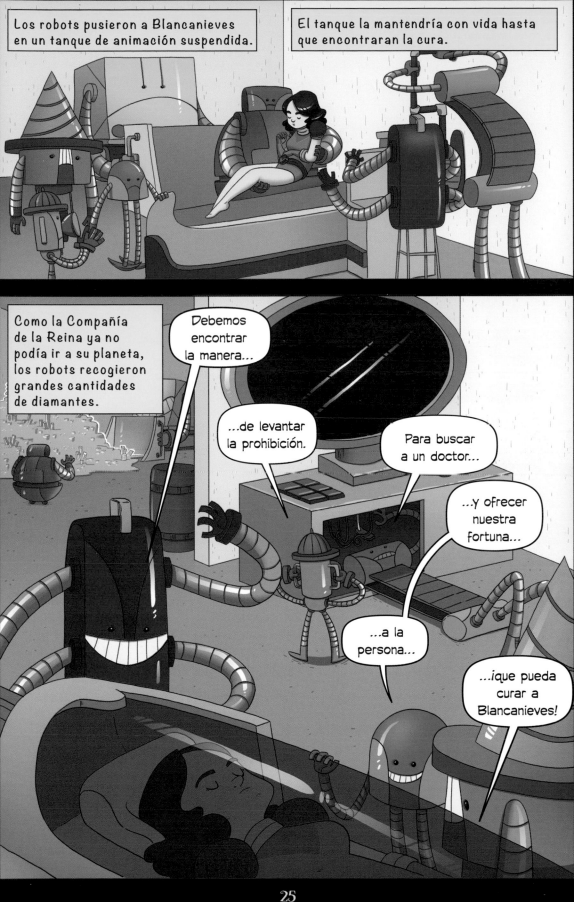

Los robots pusieron a Blancanieves en un tanque de animación suspendida.

El tanque la mantendría con vida hasta que encontraran la cura.

Como la Compañía de la Reina ya no podía ir a su planeta, los robots recogieron grandes cantidades de diamantes.

Debemos encontrar la manera...

...de levantar la prohibición.

Para buscar a un doctor...

...y ofrecer nuestra fortuna...

...a la persona...

...¡que pueda curar a Blancanieves!

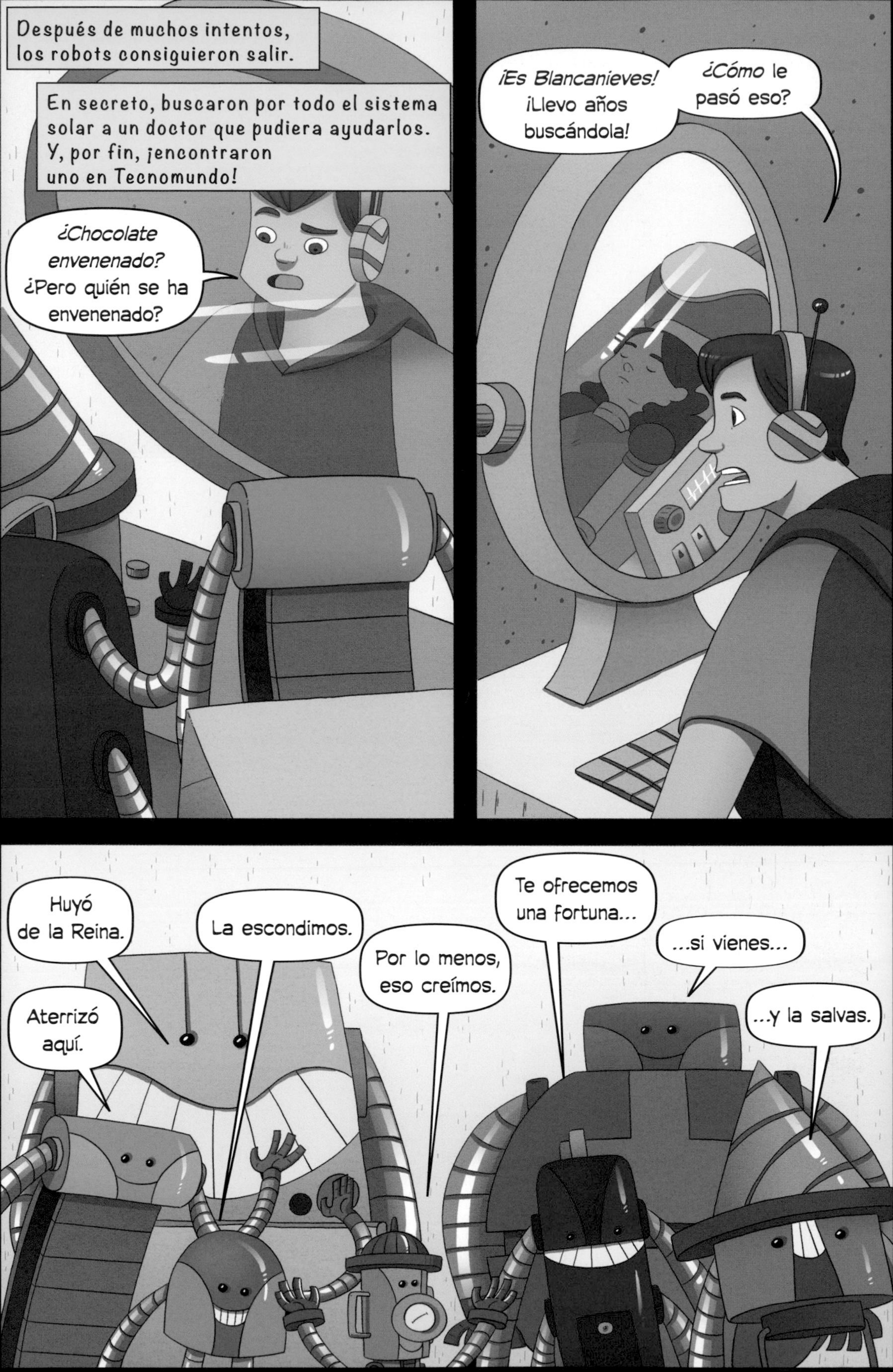
Después de muchos intentos, los robots consiguieron salir.
En secreto, buscaron por todo el sistema solar a un doctor que pudiera ayudarlos. Y, por fin, ¡encontraron uno en Tecnomundo!
¿Chocolate envenenado? ¿Pero quién se ha envenenado?
¡Es Blancanieves! ¡Llevo años buscándola!
¿Cómo le pasó eso?
Huyó de la Reina.
Aterrizó aquí.
La escondimos.
Por lo menos, eso creímos.
Te ofrecemos una fortuna...
...si vienes...
...y la salvas.

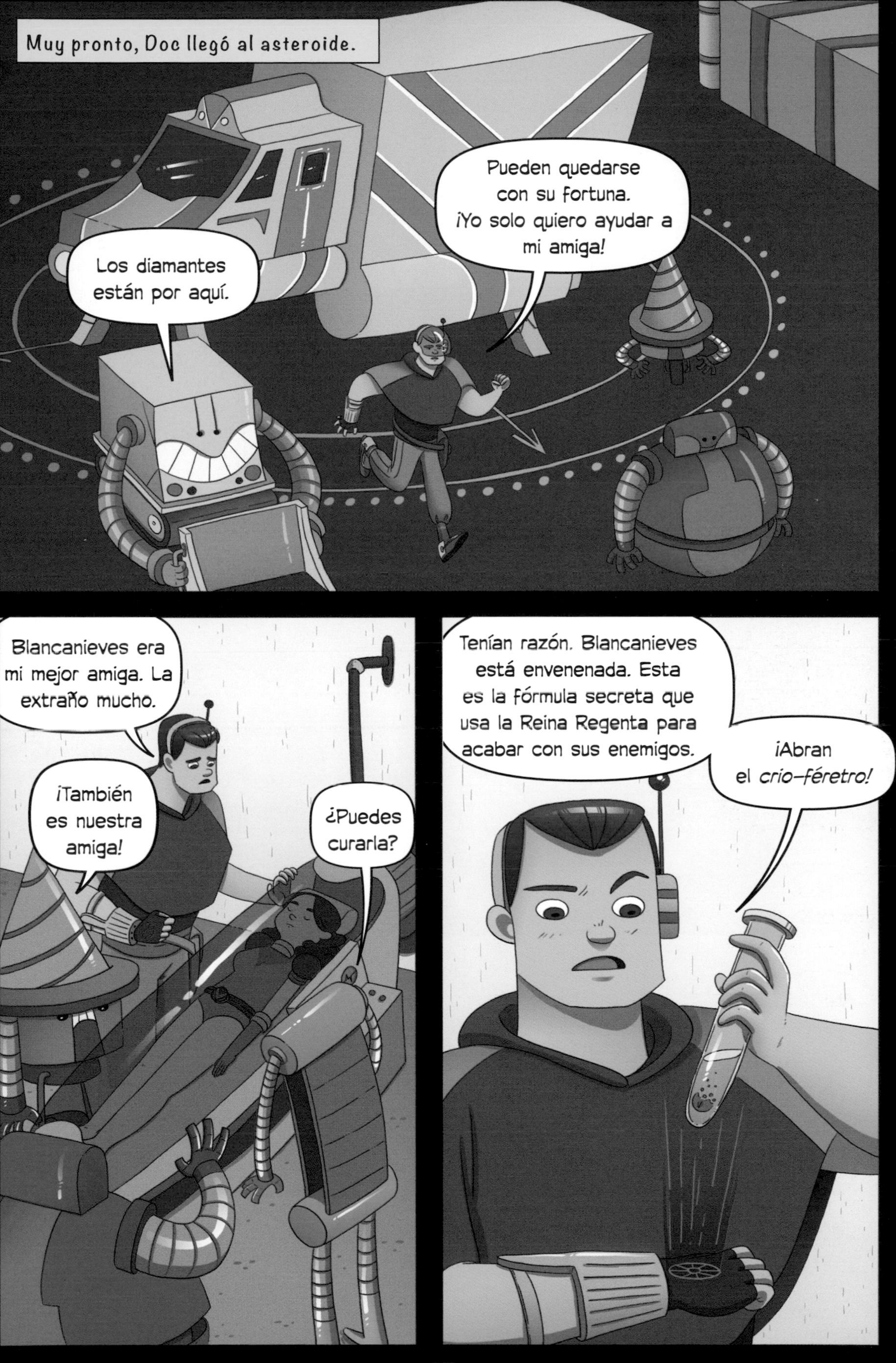
Muy pronto, Doc llegó al asteroide.
Los diamantes están por aquí.
Pueden quedarse con su fortuna. ¡Yo solo quiero ayudar a mi amiga!
Blancanieves era mi mejor amiga. La extraño mucho.
¡También es nuestra amiga!
¿Puedes curarla?
Tenían razón. Blancanieves está envenenada. Esta es la fórmula secreta que usa la Reina Regenta para acabar con sus enemigos.
¡Abran el *crio-féretro!*

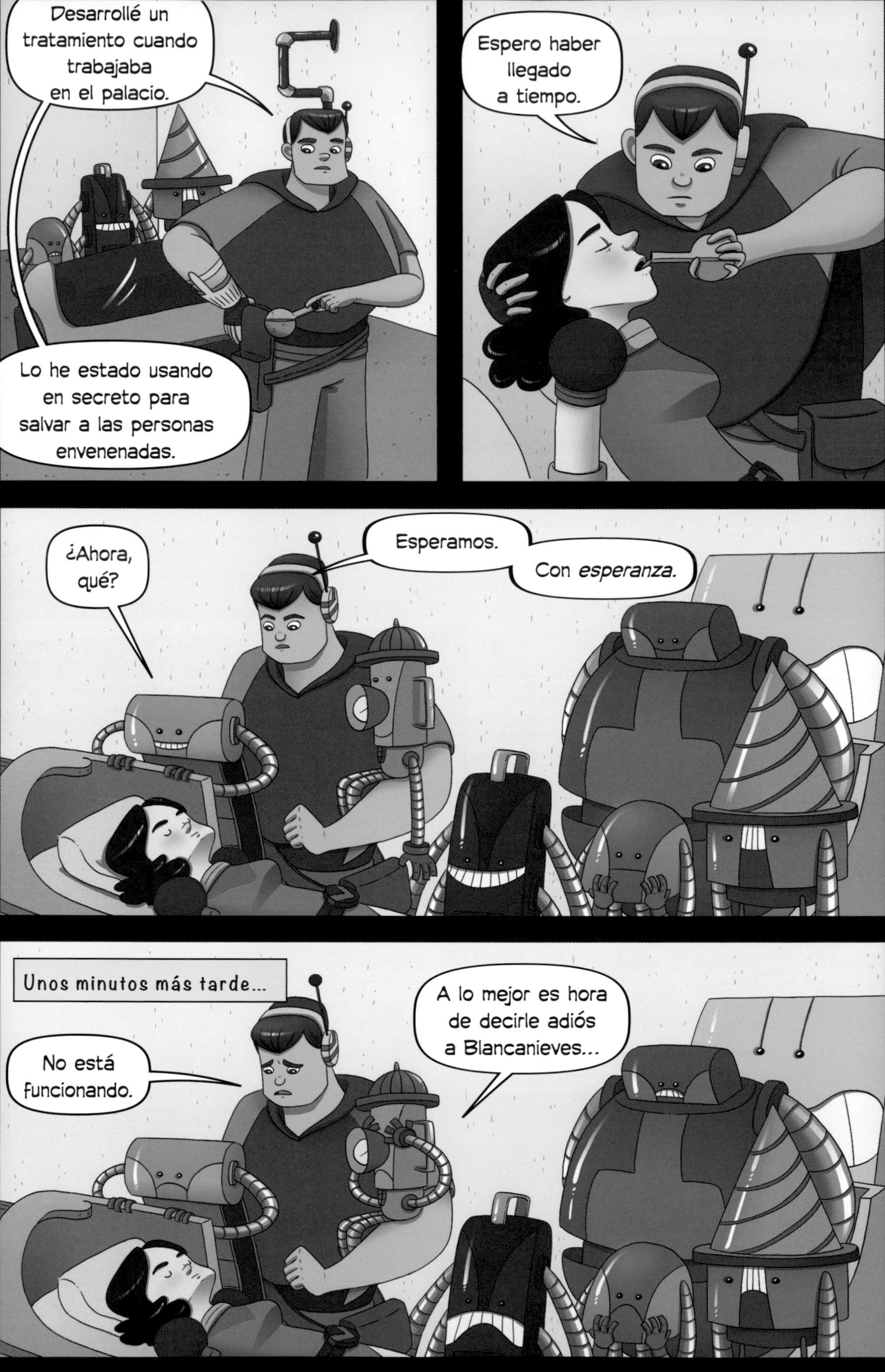
Desarrollé un tratamiento cuando trabajaba en el palacio.
Lo he estado usando en secreto para salvar a las personas envenenadas.
Espero haber llegado a tiempo.
¿Ahora, qué?
Esperamos.
Con *esperanza*.
Unos minutos más tarde...
No está funcionando.
A lo mejor es hora de decirle adiós a Blancanieves...

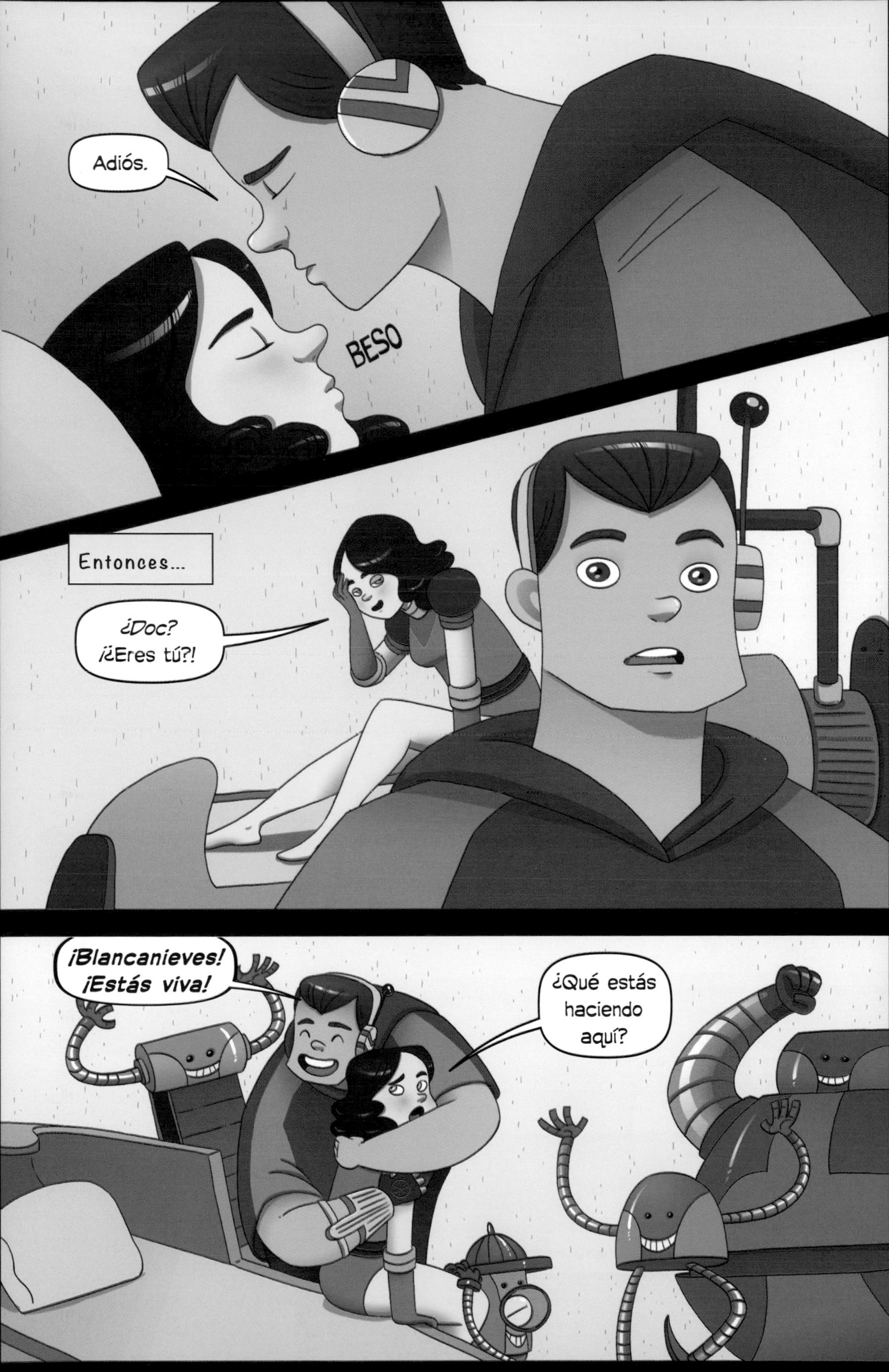
Adiós.
BESO
Entonces...
¿Doc?
¡¿Eres tú?!
¡Blancanieves!
¡Estás viva!
¿Qué estás
haciendo
aquí?

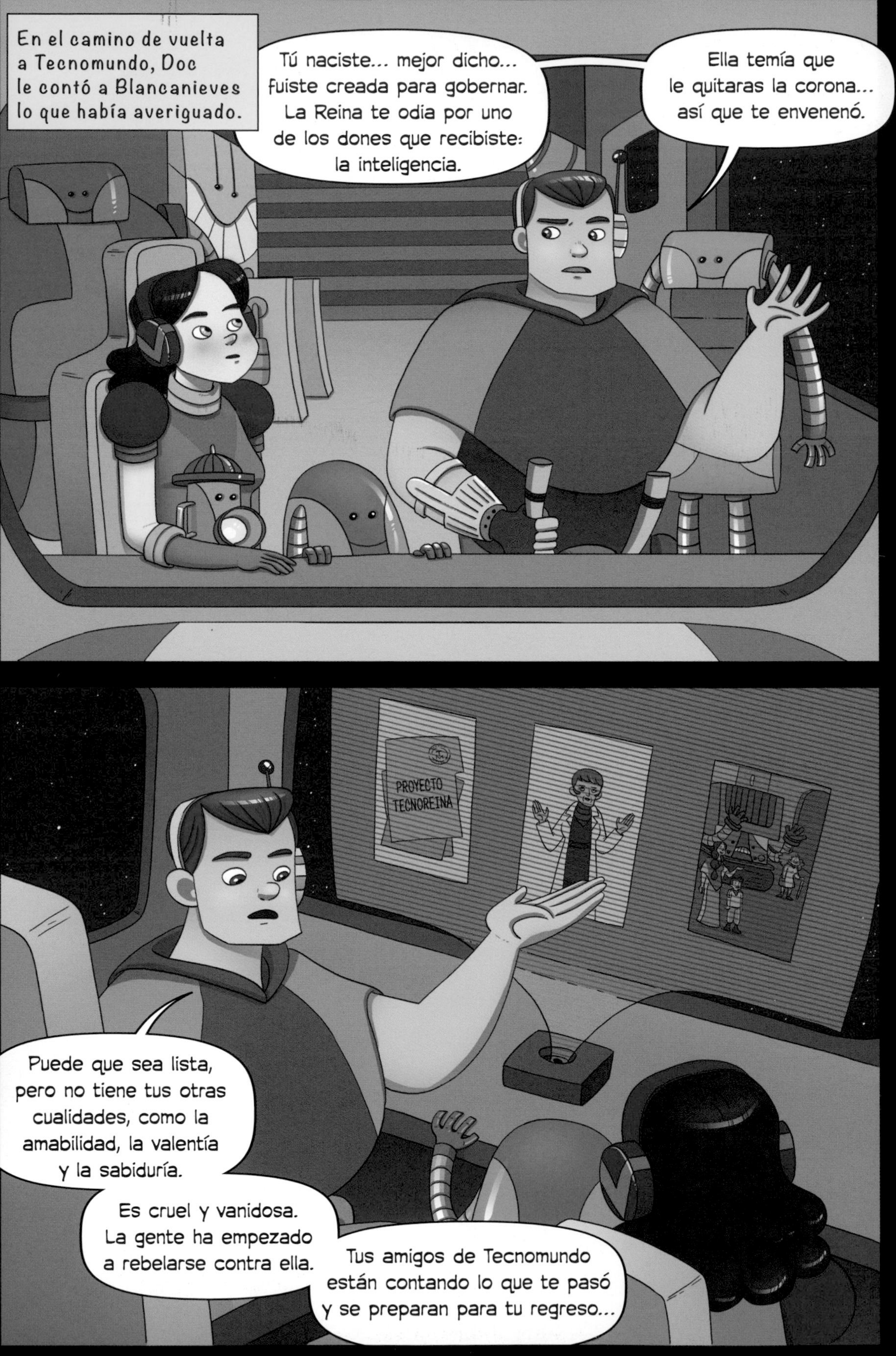

En el camino de vuelta a Tecnomundo, Doc le contó a Blancanieves lo que había averiguado.
Tú naciste... mejor dicho... fuiste creada para gobernar. La Reina te odia por uno de los dones que recibiste: la inteligencia.
Ella temía que le quitaras la corona... así que te envenenó.
PROYECTO TECNOREINA
Puede que sea lista, pero no tiene tus otras cualidades, como la amabilidad, la valentía y la sabiduría.
Es cruel y vanidosa. La gente ha empezado a rebelarse contra ella.
Tus amigos de Tecnomundo están contando lo que te pasó y se preparan para tu regreso...

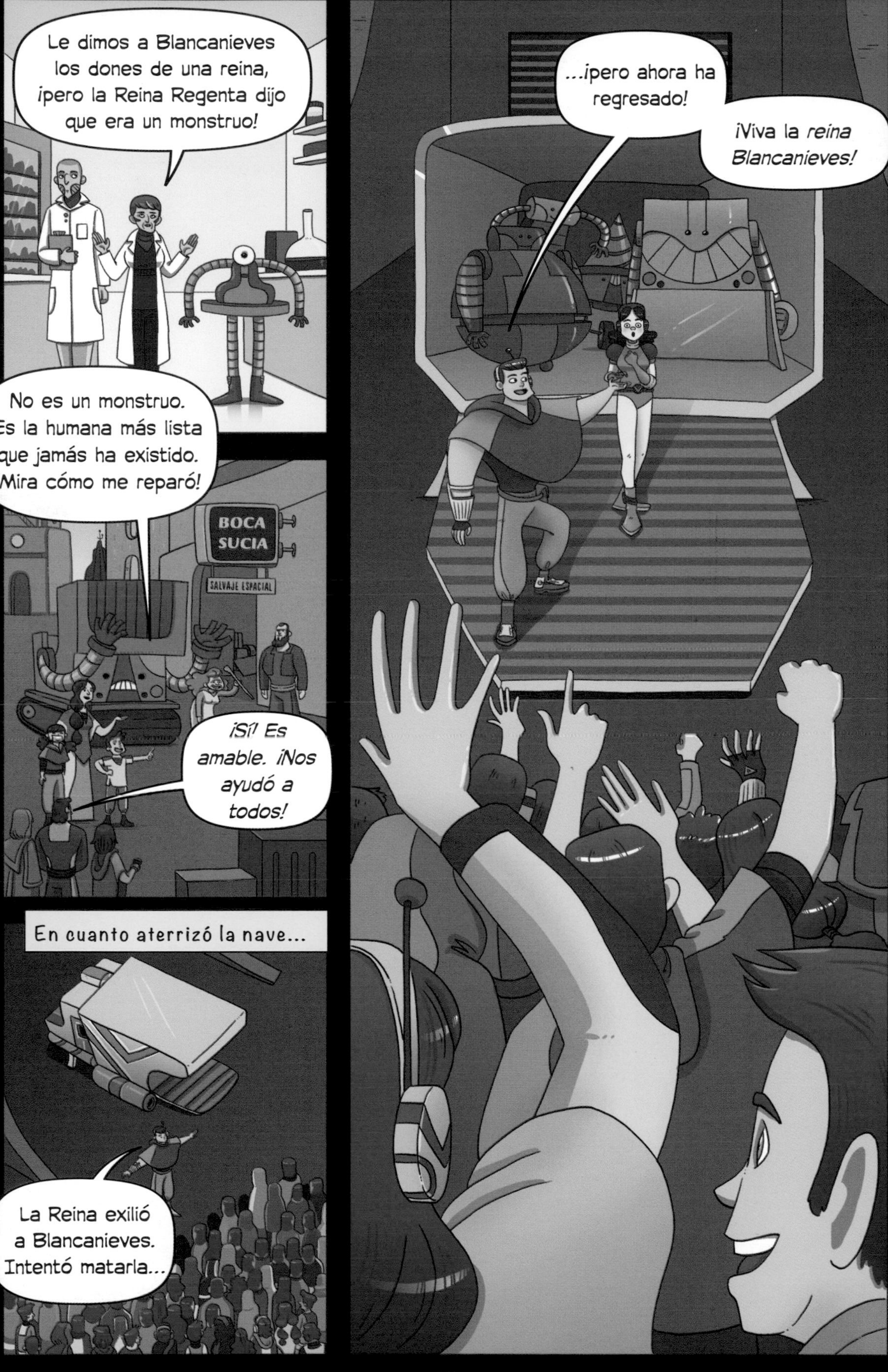
Le dimos a Blancanieves los dones de una reina, ¡pero la Reina Regenta dijo que era un monstruo!
No es un monstruo. Es la humana más lista que jamás ha existido. ¡Mira cómo me reparó!
BOCA SUCIA
SALVAJE ESPACIAL
¡Sí! Es amable. ¡Nos ayudó a todos!
En cuanto aterrizó la nave...
La Reina exilió a Blancanieves. Intentó matarla...
...¡pero ahora ha regresado!
¡Viva la reina Blancanieves!

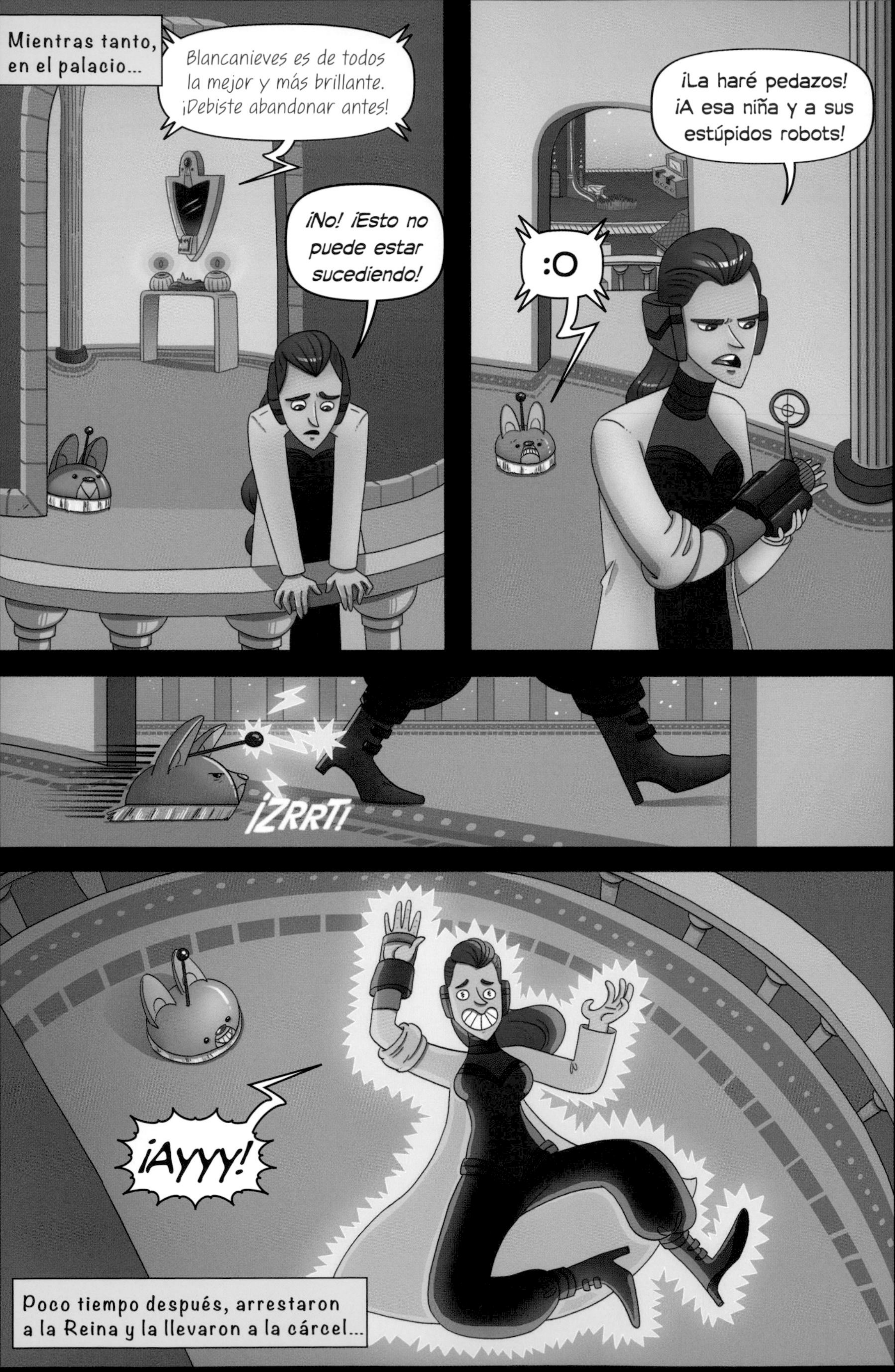
Mientras tanto, en el palacio...
Blancanieves es de todos la mejor y más brillante. ¡Debiste abandonar antes!
¡No! ¡Esto no puede estar sucediendo!
¡La haré pedazos! ¡A esa niña y a sus estúpidos robots!
:O
¡ZRRT!
¡Ayyy!
Poco tiempo después, arrestaron a la Reina y la llevaron a la cárcel...

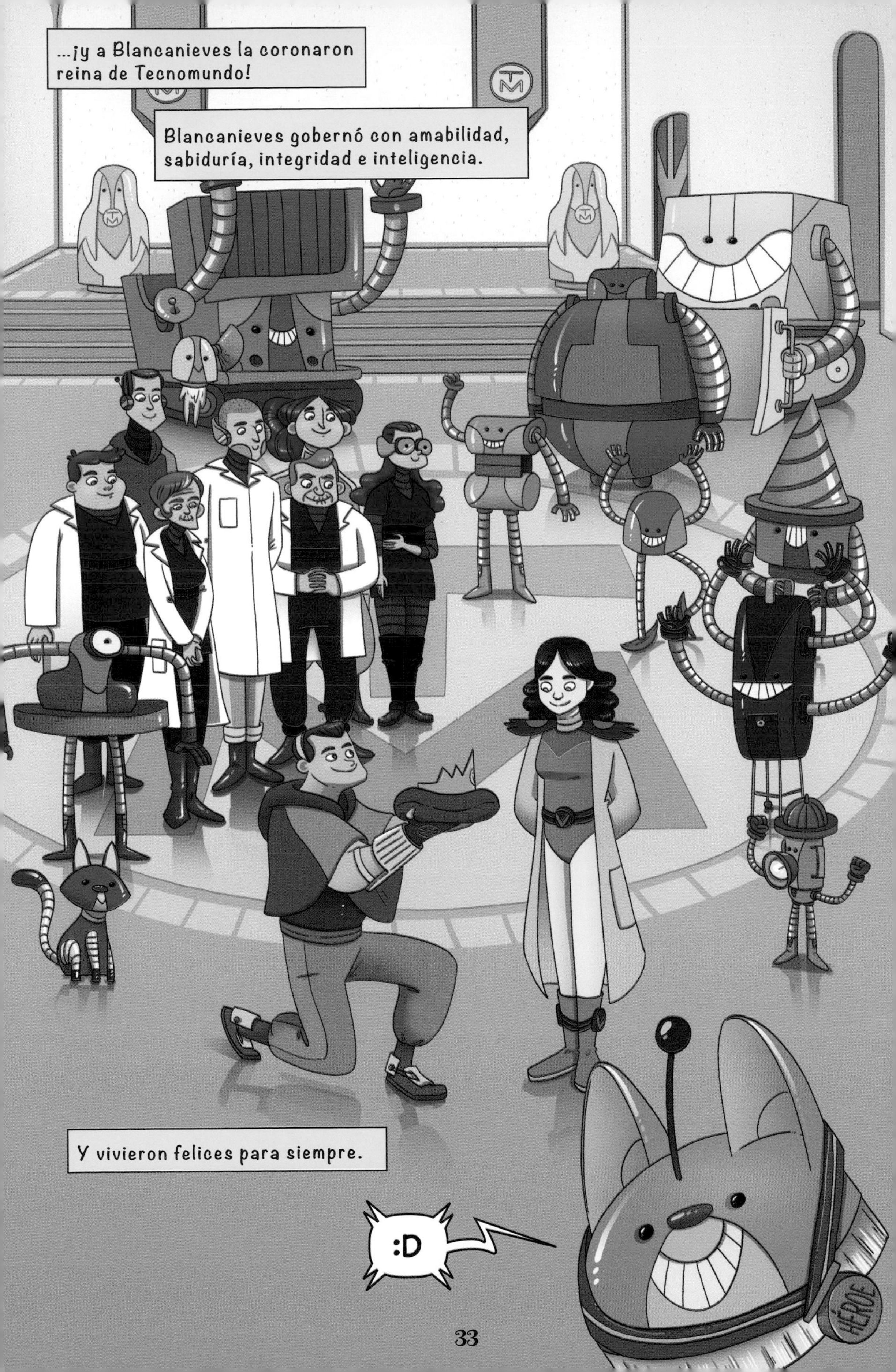
...¡y a Blancanieves la coronaron reina de Tecnomundo!
Blancanieves gobernó con amabilidad, sabiduría, integridad e inteligencia.
Y vivieron felices para siempre.
:D
HÉROE

¡TODO SOBRE EL CUENTO ORIGINAL!

El cuento "Blancanieves" fue publicado por los hermanos Grimm por primera vez en 1812. Este cuento clásico trata de una Reina que quería tener una hija con la piel blanca como la nieve, los labios rojos como la sangre y el pelo negro como el carbón. El deseo se le cumple, pero muere trágicamente al dar a luz.

El padre de Blancanieves luego se casa con una mujer bella, pero egoísta. Todos los días, la nueva Reina le pregunta al espejo mágico quién es la mujer más bella. Y todos los días, el espejo responde que era la Reina, hasta que un día le dice que es Blancanieves.

La Reina decide entonces matar a Blancanieves. Le ordena a un cazador que la mate, pero este no lo logra y la abandona en el bosque. La joven encuentra una pequeña cabaña con siete camitas. Allí vivían siete enanitos que le permiten quedarse a cambio de que cocinara y limpiara la casa.

Poco después, el espejo mágico le revela a la Reina dónde está escondida Blancanieves. La Reina va a verla disfrazada de la esposa de un granjero y le ofrece una manzana envenenada, que hace caer a Blancanieves en un sueño profundo. Cuando los enanitos regresan de trabajar, piensan que Blancanieves está muerta y la ponen en un féretro de cristal.

Un día, aparece un príncipe y se queda impresionado por la belleza de Blancanieves. Los enanitos le permiten llevarse el féretro porque piensan que la enterraría como es debido. Mientras los enanitos van cargando el féretro, se tropiezan y se les cae. Con el golpe, sale despedido un trozo de manzana que Blancanieves tenía atorado en la garganta ¡y se despierta! (En algunas versiones del cuento, el beso del príncipe es lo que hace que Blancanieves despierte de su sueño eterno). En cualquier caso, ella se enamora del príncipe a primera vista. Se casan y viven felices para siempre, y a la Reina malvada la castigan por sus fechorías.

En esta versión futurista del cuento clásico, la Reina se siente amenazada por la belleza interior y la inteligencia de Blancanieves. Mira qué otros cambios se hicieron en esta versión futurista del libro...

¡GUÍA FUTURISTA DE LAS ADAPTACIONES DEL CUENTO DE BLANCANIEVES!

El espejo mágico que lo sabe todo ¡pasa a ser un satélite espacial que lo ve todo!

En el cuento original, los enanitos ayudan a Blancanieves. En este cuento, ¡los robots acuden en su ayuda!

En lugar de una manzana envenenada que hace que Blancanieves se duerma, hay un chocolate envenenado.

  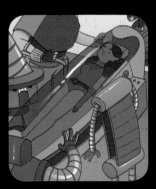

Blancanieves es conservada en este criotanque, en lugar del féretro de cristal del cuento original.

PREGUNTAS VISUALES

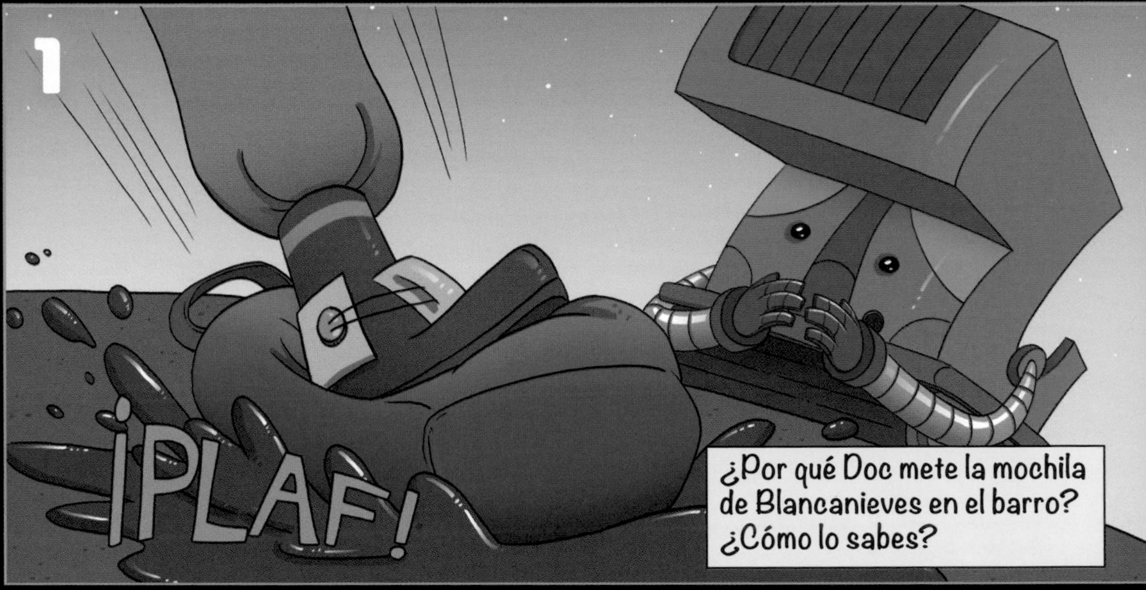
1
¡PLAF!
¿Por qué Doc mete la mochila de Blancanieves en el barro? ¿Cómo lo sabes?

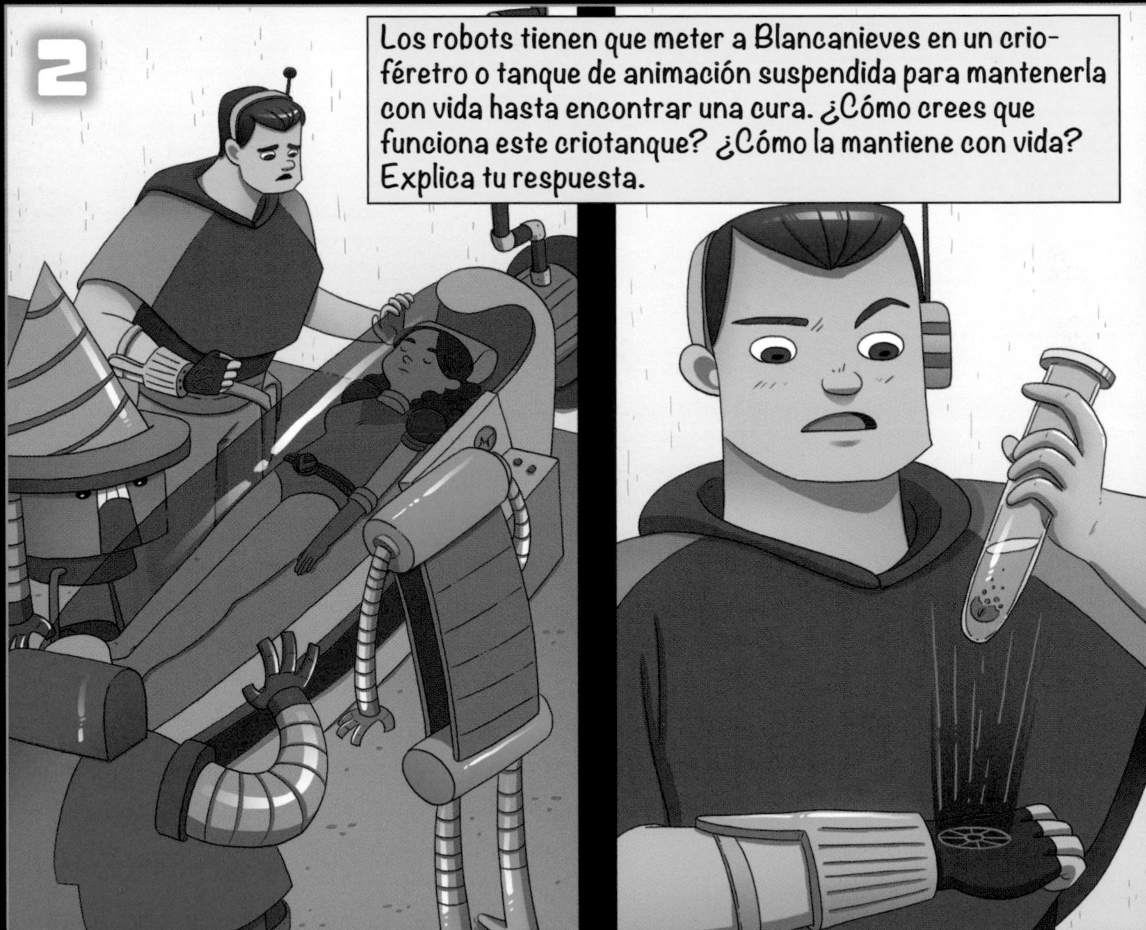
2
Los robots tienen que meter a Blancanieves en un crioféretro o tanque de animación suspendida para mantenerla con vida hasta encontrar una cura. ¿Cómo crees que funciona este criotanque? ¿Cómo la mantiene con vida? Explica tu respuesta.

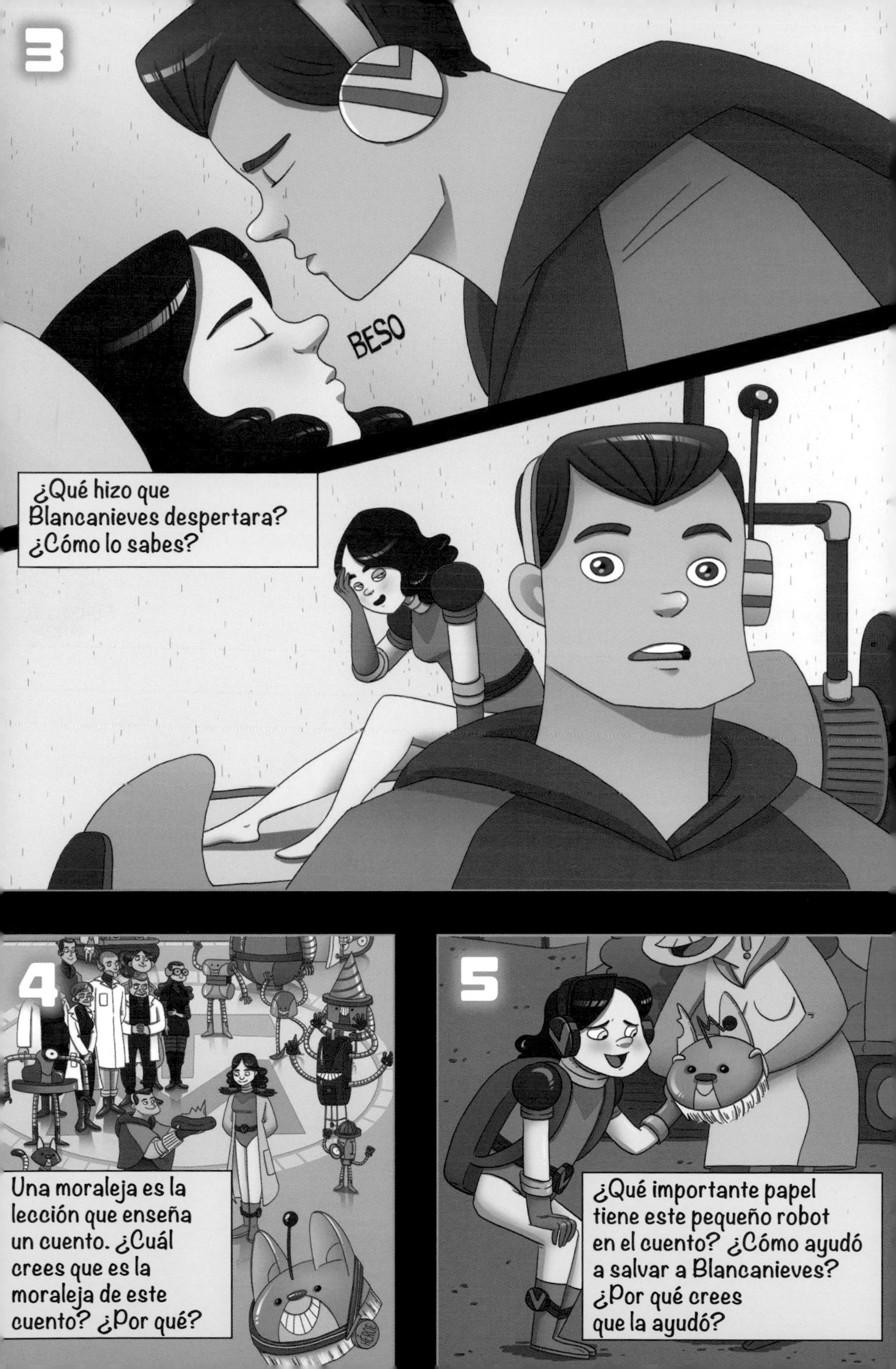
3
BESO
¿Qué hizo que Blancanieves despertara? ¿Cómo lo sabes?
4
Una moraleja es la lección que enseña un cuento. ¿Cuál crees que es la moraleja de este cuento? ¿Por qué?
5
¿Qué importante papel tiene este pequeño robot en el cuento? ¿Cómo ayudó a salvar a Blancanieves? ¿Por qué crees que la ayudó?

AUTORA

Louise Simonson escribe sobre monstruos, personajes de ciencia ficción y de fantasía, y superhéroes. Escribió la serie galardonada Power Pack, varios éxitos en ventas sobre X-Men, Web of Spider-man para Marvel Comics y Superman: Man of Steel y Steel para DC Comics. También ha escrito muchos libros para niños. Está casada con el ilustrador y autor de tiras cómicas, Walter Simonson, y vive en las afueras de la ciudad de Nueva York.

ILUSTRADORA

Jimena Sánchez nació en Ciudad de México, México, en 1980. Estudió ilustración en la Escuela Nacional de Artes Plásticas y desde entonces ha vivido y trabajado en los Estados Unidos y en España. Jimena ahora ha vuelto a vivir en Ciudad de México y trabaja como ilustradora y artista de libros de tiras cómicas. Sus ilustraciones han aparecido en muchos libros para niños y revistas.

GLOSARIO

aprendiz — persona que aprende un oficio o una destreza al trabajar durante un determinado tiempo con alguien que domina ese oficio o destreza

asteroide — cuerpo celeste pequeño del sistema solar

averiado/a — que no funciona o ha dejado de funcionar bien

cuarentena — periodo de tiempo que se mantiene a alguien alejado de otras personas para que una enfermedad no se extienda

cura — algo (como una medicina o un tratamiento médico) que ayuda a eliminar una enfermedad y hace que una persona vuelva a estar sana

don — habilidad natural para hacer o aprender algo

fórmula — serie de ingredientes que se usan para hacer algo especial (como una medicina o una bebida)

integridad — cualidad de ser justo y honesto

poseer — tener o ser propietario de algo

prosperar — tener mucho éxito en algo y normalmente ganar mucho dinero

recolector/a — alguien que recoge algo especial o valioso, como minerales, rocas, joyas, etc.

regente/a — persona a cargo de un reino cuando el Rey o la Reina no pueden gobernar

vanidoso/a — alguien que siente demasiado orgullo de sí misma

veneno — sustancia que hace enfermar o morir a alguien

vertedero — lugar donde se almacena la basura